中国书籍文学馆·小说林

爱人树

许仙 著

中国书籍出版社
China Book Press

图书在版编目（CIP）数据

爱人树 / 许仙著 .—北京：中国书籍出版社，2014.3
（中国书籍文学馆·小说林）
ISBN 978-7-5068-3965-5

Ⅰ .①爱… Ⅱ .①许… Ⅲ .①小小说—小说集—中国—当代 Ⅳ .① I247.8

中国版本图书馆 CIP 数据核字（2013）第 305225 号

爱人树

许仙 著

图书策划	武 斌 崔付建
责任编辑	毕 磊
责任印制	孙马飞 马 芝
出版发行	中国书籍出版社
地 址	北京市丰台区三路居路 97 号（邮编：100073）
电 话	（010）52257143（总编室）（010）52257140（发行部）
电子邮箱	chinabp@vip.sina.com
经 销	全国新华书店
印 刷	三河市华东印刷有限公司
开 本	650 毫米 × 940 毫米 1/16
字 数	166 千字
印 张	13.5
版 次	2015 年 1 月第 1 版 2019 年 1 月第 2 次印刷
书 号	ISBN 978-7-5068-3965-5
定 价	42.00 元

版权所有 翻印必究

序

李敬泽

"中国书籍文学馆",这听上去像一个场所,在我的想象中,这个场所向所有爱书、爱文学的人开放,不管是白天还是夜晚,人们都可以在这里无所顾忌地读书——"文革"时有一论断叫做"读书无用论",说的是,上学读书皆于人生无益,有那工夫不如做工种地闹革命,这当然是坑死人的谬论。但说到读文学书,我也是主张"读书无用"的,读一本小说、一本诗,肯定是无法经世致用,若先存了一个要有用的心思,那不如不读,免得耽误了自己工夫,还把人家好好的小说、诗给读歪了。怀无用之心,方能读出文学之真趣,文学并不应许任何可以落实的利益,它所能予人的,不过是此心的宽敞、丰富。

实则,"中国书籍文学馆"并非一个场所,它是一套中国当代文学、当代小说的大型丛书。按照规划,这套丛书将主要收录当代名家和一批不那么著名,但颇具实力的作家的长篇小说、中短篇小说集和散文集等。"中国书籍文学馆"收入这批名家和实力作家的作品，就好比一座厅堂架起四梁八柱，这套丛书因此有了规模气象。

现在要说的是"中国书籍文学馆"这批实力派作家，这些人我大多熟悉，有的还是多年朋友。从前他们是各不相干的人，现在，"中国书籍文学馆"把他们放在一起，看到这个名单我忽然觉得，放在一起是有道理的，而且这道理中也显出了编者的眼光和见识。

当代文学，特别是纯文学的传播生态，大抵集中在两端：一端是赫赫有名的名家，十几人而已；另一端则是"新锐"青年。评论界和媒体对这两端都有热情，很舍得言辞和篇幅。而两端之间就颇为寂寞，一批作家不青年了，离庞然大物也还有距离，他们写了很多年，还在继续写下去，处在最难将息的文学中年，他们未能充分地进入公众视野。

但此中确有高手。如果一个作家在青年时期未能引起注意，那么原因大抵有这么几条：

一、他确实没有才华。

二、他的才华需要较长时间凝聚成形，他真正重要的作品尚待写出。

三、他的才华还没有被充分领会。

四、他的运气不佳，或者，由于种种原因，他的写作生涯不够专注不够持续，以至于我们未能看见他、记住他。

也许还能列出几条，仅就这几条而言，除了第一条令人无话可说之外，其他三条都使我们有足够的理由对这些作家深怀期待。实际上，中国当代文学的丰富性、可能性和创造契机，相当程度上就沉着地蕴藏在这些作家的笔下。

这里的每一位作者都是值得关注、值得期待的。"中国书籍文学馆"收录展示这样一批作家，正体现了这套丛书的特色——它可能真的构成一个场所,在这个场所中,我们不仅鉴赏当代文学中那些最为引人注目的成果,而且,我们还怀着发现的惊喜,去寻访当代文学中那相对安静的区域,那里或许是曲径幽处,或许是别有洞天,或许是,众里寻他千百度,蓦然回首,那人却在,灯火阑珊处……

目 录

第一辑·天堂启示

打　树 / 003
不死鸟 / 006
上　香 / 010
胡向学仕途记 / 013
想去一个地方 / 017
夸父的 N 种死因 / 020
向往老死 / 023
巴别塔 / 026
都市围猎 / 028
天国的钥匙 / 031
枷锁下的歌手 / 034
上帝的一碗阳春面 / 037
北极的春天 / 040
出　秧 / 044
取经后传 / 047
这辈子你去过哪儿 / 049

第二辑·爱情百度

053 / 爱人树
057 / 过马路当心
060 / 一百年以后
063 / 锁在红旗下的自行车
067 / 茶　缘
071 / 代哥去相亲
075 / 情侣手机
078 / 你一定要幸福
083 / 石榴心
087 / 一坛雪水
089 / 向你坦白
092 / 照片外面的人是谁

第三辑·官场现形

097 / 智能帽
101 / 仓库的灯泡坏了
104 / 领导开心死了
108 / 一庙九菩萨
111 / 堵局长的春天
114 / 家中被盗之后
117 / 山里有两个村子
120 / 你需要慢下来
122 / 余田的第一把火
124 / 伯乐老总

第四辑·世间百态

大　坑 / 129
你为谁打工 / 132
疯狂的小区 / 135
加塞人生 / 139
天　敌 / 142
养父是个跷拐儿 / 145
无事来生非 / 149
孝心痛 / 151
愚人节里的情人节 / 155
喊　人 / 157
憨　叔 / 161

第五辑·生活纪事

暗疾的大地 / 167
景阳岗纪事 / 170
孔乙己后传 / 173
老氓在路上 / 177
生活已不似过去甜蜜 / 180
作家山 / 183
生如蜜糖 / 186
回忆是最温暖的东西 / 189
篱笆墙的影子 / 192
桥　神 / 194
祈福村巨变记 / 197
敞开的门 / 200

第一辑·天堂启示

打　树

李正第三次被送入市人民医院抢救时，已是一盏熬干的油灯，奄奄一息；病情恶化前他曾交待过老伴，别再让儿女花那昂贵的医疗费了，他心里有数，自己已命不久矣。但儿女是极其孝顺的，毫不犹豫地又把他送入市里最好的医院。李正在高干病房几度昏迷，主治医生是该院副院长，卑微地对李赛白道："李书记，非常抱歉，能做的我们都做了，医院已经尽力了，您看是不是按老人家的意思回去吧，晚了怕……"昏迷的李正老眼潮湿，枯枝般的手死死抓住老伴不放；老伴抹着泪，对儿女说："你爹想回家过年，你们就随他吧。"李赛白和李赛红这才送父亲回家。

这天是年廿九，李赛白和李赛红回到老家就奔进奔出的，要给父亲过一个热热闹闹的年。李赛红和母亲把家清扫干净，又准备红包、烟酒茶和糖果；李赛白忙着张灯结彩，门是对联，窗是福字，大红灯笼挂檐下，他还准备了宝烛、香、鞭炮和烟花。家里亮堂堂的，飘出煮粽子和炒瓜子的香息，乡亲们纷纷前来探望。李正回家后神志反而清醒了，时不时地睁开眼来。李赛白和李赛红在父亲床前守了一夜，见父亲病情平稳，也松了一口气。

第二天上午，李赛白的妻子带着孩子、李赛红的丈夫带着孩子，早早地赶来乡下。家里有孩子就热闹就喜庆了。李正忽然有了精神，叫老伴扶他坐起身来，要看一看孙女和外孙子，瞧着孩子们跑进跑出的，枯槁的脸上终于露出久违的笑容。他握着老伴的手，老眼蒙眬起来，老伴轻轻地替他念道："在家好，在家好。"下午，李赛红和嫂子下厨，准备了一顿丰富的年夜饭；大家把饭桌移到父亲的床前，让李正靠在床上吃饭。见父亲精神好，大家也开心，有说有笑的，一个个向父亲敬酒，祝他长命百岁；李正居然喝了一杯酒，还吃了半碗饭，脸红扑扑的。他累了，躺了下去；但他笑微微地望着大家，有了神色的眼睛一个个地看过来，慢慢的。

吃过年夜饭，孩子们出去放鞭炮、放烟花，卧室的窗口忽亮忽亮的，红红绿绿得非常好看。饭桌撤走了，老伴和女儿、儿媳妇收拾干净后，再次回到他床前；李正伸出手来，吃力地比划着。李赛红问母亲："爸爸说什么？""打树。""打树？"李赛红问父亲，李正点点头。儿媳妇愣愣的，但李赛红连忙朝父亲说："好。打树。我们打树。"

打树是李家大年三十必备的传统节目。院子的围墙里种着两棵树，一棵梨树，一棵桃树，分别是李赛白和李赛红出生那天李正种的，如今已有四十岁和三十八岁了，是方圆百里以内两棵顶天立地的大树，令乡亲们羡慕不已。乡亲们但凡教育起后代来，必以李家儿女为榜样。李赛白和李赛红自有记忆起，每年吃过年夜饭，父亲就操起门闩，李赛白便自觉地躲在自己的梨树后，李赛红也学哥哥样，躲在自己的桃树后；李正借着几分酒力，先打梨树，边打边问："来年多开花多结果？"李赛白就在树后应："来年多开花多结果。"李正又边打边问:"决不开谎花?"李赛白又答:"决不开谎花。"轮到桃树,也是这番打问与应答。小时候李赛白和李赛红只觉得好玩有趣,树又不是人,父亲这么做,难道它来年就真的多开花多结果了?就决不开谎花了?

后来,李赛白和李赛红都大了,大学毕业,参加工作,回家过年,李正依旧热衷于打树,让两个成年人躲在树后,他边打边问:"来年开红花结红果?"李赛白就问:"我是梨树,怎么开红花结红果呢?"李正醉熏熏地说:"我怎么问你就怎么答!来年开红花结红果?"李赛白就应:"来年开红花结红果。"李正又边打边问:"决不开黑花结黑果?"李赛白又答:"决不开黑花结黑果。"

再后来,李赛白和李赛红升职了,当官了,从商了,发达了,回家过年,李正还是热衷于打树,让两个大人躲在树后,他边打边问:"来年开白花结善果?"李赛红就问:"我是桃树,怎么开白花结善果呢?"李正醉熏熏地说:"我怎么问你就怎么答!来年开白花结善果?"李赛红就应:"来年开白花结善果。"李正又边打边问:"决不开毒花结恶果?"李赛红又答:"决不开毒花结恶果。"

孩子们不知道打树是怎么回事?好奇新鲜,吵吵闹闹的,院子可热闹了;李赛红将门闩交给哥哥李赛白,自己拉着侄女躲在梨树后,李赛白边打边问:"来年多开花多结果?"李赛红就教侄女应:"来年多开花多结果。"李赛白又边打边问:"决不开谎花?"她们又答:"决不开谎花。"接着是李赛红打树,李赛白拉着外甥躲在桃树后……

卧室里,李正笑微微地望向窗外,慢慢地合上老眼;他太累了,去那边休息了。

不死鸟

为表彰维护全球和平做出巨大贡献的好鸟，上帝决定设立全球好鸟终生成就奖，每十年评一位，授予长生不老丹一枚，令其永葆青春，与上帝同在。此令一出，全球震惊，鸟社会群情激扬，社会风气蒸蒸日上。首届全球好鸟终生成就奖评选活动，随即紧锣密鼓地展开，本着"公开公平公正"的原则，通过层层海选，最后来自大兴安岭的其貌不扬的啄木鸟老灰哥胜出，获此殊荣。表彰大会在天堂大会堂举行，老灰哥已壮士暮年，二十余年守护林海雪原，在平凡的岗位上取得了不平凡的成就；上帝亲赐长生不老丹一枚，老灰哥当众服下，泪流满面。随后，百鸟歌舞，万鸟狂欢，昼夜庆祝。上帝见此举真正起到四两拨千斤的效应，暗自得意。

且不说老灰哥重返林海雪原后，十年百年千年如何更加尽职地护林；单表全球鸟社会在上帝那枚长生不老丹的驱动下，每只鸟都像打了鸡血，它们以老灰哥为榜样（榜样的力量是无穷的），使出浑身解数来，助鸟为乐、见义勇为、救死扶伤……谁都想成为下一位不死鸟（人做了皇帝还想成仙呢），那就脚踏实地做事，因为在上帝面前任何弄虚作假都是行不通的。虽说林子大了，什么鸟都有；鸟大了，什么林子都有；但通向长生不老丹的路只有一条，那就是以成就说话。此后，鸟社会捷报频传，全球形势喜人。到了第二个十年，本着"公开公平公正"的原则，通过层层海选，来自南美洲的神鹰安第斯获此殊荣，五十多岁的安第斯颤颤巍巍地从上帝手中接过神丹，几乎是和着热泪服下的。这一刻它早已泣不成声。

第三个十年，来自北太平洋的大型海鸟信天翁获此殊荣，成为第三位不死鸟。

第四个十年，来自亚马逊的金刚鹦鹉詹米获此殊荣，成为第四位不死鸟。

……

千年等一回。当第一百位不死鸟诞生时，上帝决定在天堂大会堂举行"第一百届全球好鸟终生成就奖颁奖仪式暨庆祝全球百届好鸟纪念晚会"，并指示大会要开得隆重、热烈，要开出成效来，要开成一次继往开来、团结胜利的大会。各部门谨遵最高指示，筹备工作紧锣密鼓地展开，但就在会议召开的前夕，第一百届全球好鸟终生成就奖得主、来自加利福尼亚州的渡鸦比尔公开向媒体宣称拒绝领奖。渡鸦在鸟类中是属于脑部最大的一类，富有智慧，素有"骗子大师"的绰号，是高度机会主义者；它们利用其他动物来协助处理事件，如呼叫狼及野狗等前往动物死尸的地方，替它们撕开腐肉，协助它们更易于食用。另外，它们还会观察其他鸟类收藏食物，并牢记这些收藏地点，偷取食物。可以说渡鸦一族名声狼藉。虽然大家对渡鸦比尔有所非议，但它为美化全球环境取得的贡献不可磨灭，获此殊荣，当之无愧。但比尔拒绝领奖的消息一传开，震惊全球。谁知一波未平，一波又起，作为本次大会的嘉宾即前九十九位不死鸟，也纷纷表示不愿意参加本次盛会。上帝闻讯后，大为恼火，责令成立专案组彻底查办此事。

专案组首先找到渡鸦比尔。老态龙钟的比尔表示，它并无冒犯上帝的意思，它仅仅是想寿终正寝罢了。专案组组长约翰颇感意外，问比尔："你不想要上帝的神丹？"比尔说："不想。"约翰又问："你不想长生不老？"比尔说："是的。我只想自然老死。"约翰环顾左右随从，不无嘲笑道："你是不是老糊涂了？上帝的神丹哪只鸟不梦寐以求？"比尔说："这太多了。不信你随便问一只有点阅历的鸟，或者那些不死鸟就明白了。"约翰不信。专案组随即询问了福建沿海的黑脸琵鹭。黑脸琵鹭摇摇头道："不想。"约翰问为什么？黑脸琵鹭俏皮地笑道："不死有什么好的？我还想转世投胎做人呢。"专案组又到阿尔卑斯山，询问第九十九届全球好鸟终生成就奖得主布谷鸟杰克，杰克笑而不答，只说这个问题老灰哥最有发言权了。专案组又到大兴安岭，只见老灰哥一脸落寞，它说："我能理解渡鸦比尔的心情，说实话，如果今天换了我，我也会拒绝的。"约翰颇为惊讶，问："为什么？"老灰哥说："当时以为不死有多好，但现在我才知道那是一种惩罚；你看我活了一千多年，没有一只朋友，没有一只亲人，甚至连一只可以交谈的鸟都没有，每分每秒都生活在孤独和寂寞中，而且此后千年万年万万年我都得生活在孤独和寂寞中，这心灵的荒芜是多么可怕的事呀！现在大家都明白了，上帝的长生不老丹，那不是一种奖励，而是一种惩罚；因为它把我们死的权利都剥夺了，不死鸟所承受的痛苦远远大于生命的存在。现在谁都逃避这项评比？其意义与当初已完全适得其反。"老灰哥摇了摇头，继续说道，"我曾经将自己的血肉喂给病重或即将老死的鸟儿，我想我拥有不死之躯，或许我的血肉有着唐僧的功效，但是没有；

我也曾经自杀过数次,在烈火中,在坠石下,在雪水里,但我死不了;这就成了我永远的痛。"

专案组回到天堂,拟了一份调查报告给上帝。上帝很生气,当即下令改设全球臭名昭著差鸟奖,每十年评一位,"奖"以绝刑,并没收其灵魂,令其永世不得转生。此令一出,全球震惊,鸟社会群情激扬,社会风气蒸蒸日上。首届全球臭名昭著差鸟奖评选活动,随即紧锣密鼓地展开……

上 香

　　李城刚生，才裹上蜡烛包，就被父亲李纪文抱去他大伯家；李家列祖列宗的牌位都供在大伯家东头的屋子里，前三排后三排，错落有致。李城的爷爷点烛点香，跪拜，敬告列祖列宗，李家又添男丁后，将香插到香炉里。接着是李纪文抱着李城跪拜，祷告，谢祖宗。随后，李城的大爷爷李大伯，原本一团和气的脸严肃得要命，他从第一位举人老爷开始，让李城逐个认祖，他唱一位，李纪文就抱着李城拜三拜；拜完最后一位，认祖归宗的仪式才算完成。门外顿时鞭炮齐鸣，震天动地。

　　李家在唐村是大户人家，祖上出过秀才、举人和进士，现在有大学生；虽说没什么响当当的大官，但都有出息。即使在老家务农的李家人，也与众不同，都文绉绉的，言谈举止十分和善；村里有什么纠纷，习惯找李大伯公断。李大伯一团和气，把大家叫拢来，三对六面地说个清楚，该东东，该西西，一碗水端得让人心服口服。三乡五里对唐村李家直翘大拇指，教育后人，无不以李家为榜样；但怎么学，也只是学到点皮毛，因为李家规矩很少有人家做得到。

每年正月初一，唐村热闹非凡，李家子孙不论远近，必到大伯家给列祖列宗上香，一潮一潮的；前脚进门，个个鸦雀无声，毕恭毕敬地鱼贯而入，双手合十，夹三炷香，来到列祖列宗面前。

李大伯轻咳两声，大家就静音，默默地站上好一会儿，脱去身上的一些东西后，他才从第一位举人老爷开始，让大家逐个认祖，他唱一位，大家拜三拜；拜完最后一位，这年的认祖归宗仪式才算完成，大家依次将手心的香插到香炉里，默默退出来。年年就这么些祖宗，认了又认，八岁的李城觉得无聊，问父亲他能不去吗？结果一早就被父亲用戒尺打了手心，让他长记性。父亲说这是认祖归宗，你连祖宗都不要，是忘本；而做人最重要的，就是要清楚自己是谁的儿子，谁的孙子，谁的后代。李城含泪给祖宗上完香后，父亲又责令他将列祖列宗一个不漏地背出来，才有饭吃。

在那个特殊的年代，村里有家破落户，儿子叫夏长健，是李城的同班同学；读初二那年夏天，夏长健带了一帮同学，押着李城闯进他大爷爷家，将家里列祖列宗的牌位和一些古书，搜出来，堆在院子里一把火烧了。大爷爷闻讯从地里赶来，像野兽一般嚎叫着，扑向熊熊燃烧的火堆，抢出三块滚烫的牌位，紧紧抱在怀里；夏长健举起棍子，将大爷爷打倒在地，几个同学又乱棍相加。大爷爷在地上滚来滚去，双眼充血，大声吼道："谁不是爹生娘养的？谁没有祖宗呀？你们回去问问自己的父母……"夏长健又是一棍，大爷爷就哑了。李城挣扎着，却被同学揪得紧紧的。夏长健上前，牌位被昏迷的大爷爷抱得紧紧的，他像掏心一般费力才掏出来，一把扔进火堆中。这天夜里，谁也无法把大爷爷劝走，他默默地跪在灰堆前；于是，李家子孙一个个跪在大爷爷身后。这让李城始终有种犯罪感。但即使是那个年代，李家人依旧每年正月初一，都赶回唐村，毕恭毕敬地对着空荡荡的屋子，跪拜；大爷爷从第一位举人老爷开始,他唱一位,大家就在心里默记一位,拜三拜,拜完最后一位,这年的认祖归宗仪式才算完成。

后来李城读了大学,在县里工作,当了个不大不小的官。他的同学夏长健,高中没毕业,就在外面混;时来运转,做了包工头,工程承包项目越做越大,富甲一方;他不但在老家造了阔绰的别墅,而且还弃商从政,在县里当上了比李城更大的官。一时间,夏家成了三乡五里学习的榜样。有人谈论起同村的李家,夏长健就笑其迂腐,说这种人家抱堆烂木头不放,能有多大出息呀;上香上香,祖上香有个屁用!如今经济社会,什么不靠钱砸出来呀?就我夏长健,一个都能把李家所有的列祖列宗踩在脚下。他在县城有几处房子,而且把家搬到省城,据说马上要去省城当大官了。

李城是李家孙子辈中的长孙,将来是要承接列祖列宗牌位的;但他在县城的家不大,才九十来平方米,经他建议,李家子孙集体捐资建了一座不大的李氏祠堂,专供列祖列宗的牌位。门前有一幅对联:耕读传家久,诗书济世长。这时候他大爷爷已经过世,牌位供在他大伯家里。祠堂建成后,第二年正月初一,李家举行隆重的仪式,将列祖列宗请入祠堂。大伯从第一位举人老爷开始,他唱一位,大家就拜三拜,拜完最后一位,这年的认祖归宗仪式才算完成,大家将手心的香插到香炉里。门外顿时鞭炮齐鸣,震天动地。

第二年春天,主管农业的副县长李城去省城,参加全省春耕现场会,亲眼目睹了做报告的夏长健被纪委逮走了。他心里一动,但随即就平静了。

至今,唐村李家依旧安安静静的,该读书的读书,该下田的下田;唯有到了正月初一,在外的李家子孙赶回老家来,给列祖列宗上香。这是李家雷打不动的规矩。

胡向学仕途记

胡向学在三亚"蜜月旅行"时被"双规"。天涯海角真成了天涯海角。

胡向学口口声声他是被逼的。他是农民儿子,上个大学不容易,到政府部门工作更不容易,他一心学好,但没有办法呀!他被逼无奈才走上犯罪道路。办案人员问:"谁逼你了?领导?父母?妻子?情人?黑势力……"胡向学说:"我不知道。二十多年前,我还是乡政府文书,有天夜里来了两个年轻人,将我带到一处密室,用斧子卸我的双膝;我尖叫:'男儿膝下有黄金!你们不能卸。'隔墙有音道:'对啊。所以把你膝下的黄金挖出来。'被卸双膝后,我就站不直了,见人就习惯下跪。"

他们会相信吗?胡向学停顿了。办案人员却催道:"说下去。"

胡向学继续道:"过了段时间,两个年轻人又带我到密室;隔壁很不高兴,说我欠揍。两个年轻人脱下我的皮鞋,用鞋底抽我的脸。我的脸红肿了、紫了、裂了、结痂了、黑厚了……他们这才停手。隔壁问:'黑了?''黑了。''厚了?''厚了。'隔壁嗯了声。不久,我被提为乡办主任。"

办案人员听得很认真，胡向学又继续道："乡办主任当了大半年，我又被带去密室；隔壁大骂我是不开窍的东西，叫人剥光我的衣服，撕开厚皮，用锉刀锉去我全身骨头的棱角；又去脑，他们就叫'去脑'，用一根捅下水管似的金属丝在我脑袋里钻洞，从上而下、从小而大，把整个脑袋钻成山水音箱。一个年轻人在我耳边说了句啥，我就情不自禁地张大嘴，把他的话传达出来。隔壁说音箱效果不错。这年年底我被提为副乡长。"

"这么说，你是被隔壁所逼？"办案人员问。"对对对……"胡向学连声道。法医对胡向学进行体验，他的膝盖、全身骨骼和大脑等都还是原装货，完好无损。他所说的两个年轻人和密室也查无实据。精神病专家又对他进行测评，完全正常。办案人员就感叹："领导就是领导，到哪儿都懂得幽默。"胡向学对所犯罪行供认不讳，走完法律程序，被处决。

顷刻间，胡向学下了地狱。

阎王常年住在阴暗潮湿的地王殿，关节疼痛难耐，寝食难安，听到有鬼没有昼夜地喊冤，勃然大怒，责问牛头："何鬼喧闹？"牛头答道："刚来的新鬼，副省级，五十二岁，自称比窦娥还冤。"阎王听是高官，又年轻，而且屈死，阳气旺盛，正好给他暖暖关节。胡向学往阎王榻前一跪。阎王见他满头空洞、全身骨骼圆滑、双手奇长、双膝被卸……就乐道："他妈的，最近来的几个高官，咋都这熊样？"胡向学见阎王高兴，忙大声喊冤，请阎王明察。

"你咋回事？"阎王问。

胡向学继续人间故事道："我提副乡长后，又被带去密室，双臂被砍断，又接长。"阎王说："这样手才伸得长嘛。"胡向学说："最初可不是为了要人家东西，而是为了送东西；手长，东西可以送到更远更高的人。那时候我什么都送，连新婚才三天的老婆也送，送到自己成乞丐；但送着送着，就有人给我送东西了。人送我一套房子我转手就送人，结果马上有人送我两套房子……我这才明白，送得越多回报就越多。我当副县长时，又一次被带去密室，被……阉了。"阎王问："为什么？"胡向学说："不知道。但第二天县电视台来采访我，女记者漂亮得没话说。这是我第一个情妇。"阎王问："你有多少情妇？"胡向学说："不多，才十三个。"阎王问："你糟蹋过的女人呢？"胡向学说："不清楚了。"阎王问："你是被隔壁逼的？"胡向学说："是的，找到隔壁就能还我清白。"阎王说："这个你得问上帝佬儿。我只知道是谁告发你的；你大概到现在还不知道吧？"胡向学摇摇头说："我还真不知道。"

阎王说："你的首席情妇。你不是让她读了MBA，管理你的情妇公司吗？结果公司亏空几个亿，你让这些情妇的老公背黑锅，坐牢的坐牢，掉脑袋的掉脑袋，首席情妇求你援手，你置之不理；她就怀恨在心，给你张罗了个小情妇，前脚送你们去海南度蜜月，后脚就召集另外十一名情妇，组团到京城把你告了。"胡向学听傻眼了："有这等事？大意失荆州呀！"

胡向学给阎王当了三个月汤婆子，阳气尽失，阎王叫来马面，将他送出阴曹地府，去天堂找上帝佬儿。胡向学一路关关哀求，层层下跪，终于见到上帝——一个白胡子精干老头，好生面熟。上帝笑道："二十多年前，在燕子河边，你因为未婚妻被乡长糟蹋，苦苦哀求上帝，刚巧我路过那儿，对你说，你这样会害死自己的。知道你为什么被卸膝、锉骨、去脑、接臂吗？因为有得必有失，你奢求命中不该有的东西；但你不听，坚持要这么做，我就遂了你心愿。"

胡向学喊冤道："不是的，都是隔壁那人强迫我……"上帝就叫彼得和约翰带他去密室。胡向学见到彼得和约翰，这不就是那两个年轻人吗？胡向学又被带到他熟悉的密室，隔壁就问："你想见我吗？"胡向学说："是的。就是你！你个害人精，你害得我家破人亡……"未等他骂完，隔墙倏地消失了。胡向学看到了他自己。

二十多年前的胡向学，被封印在一块水晶中。

胡向学尖叫："这不可能！"

水晶中的他说："我就是你。你就是我。"

上帝得意地向彼得、约翰、雅各、安得烈他们道："当年我没说错吧，这些人到死都不会明白是被自己害死的。"

想去一个地方

鉴于我的做人原则，我必须去一趟桃园。但我听说我要去的桃园正在封闭式建设之中，也不知何时才能竣工？世事难料，我没有时间等下去了，所以在一个秋天的清晨，我出发了。一路上我问了不少知情者，他们都劝我放弃这次行程，但见我固执其见，就告诉我说，那你就在那个有块"古今文胸"广告牌的路口往右拐，不到五百米就是桃园了。我不知道什么样的广告牌才是那个文胸的广告，他们就把坦胸露腹的美女形象描绘了一番；他们的热情，让我不想知道也不行。我拐过那个路口，就在前面三四百米处，又问人道，去桃园有路吗？被问的人好奇地打量着我，这叫什么话？没有通路的地方你说会有路吗？那怎么过去呢？我问。那人笑道，你要么飞过去，要么从没有路的地方走出一条路来。

我觉得他的话很对，既然不长翅膀，那就像鲁迅先生所说的，自己走出一条路来吧。于是我横穿马路，穿过城市的绿化带，开始向我要去的地方出发了。但挡住我前进步伐的是高深莫测的围墙，围墙，还是围墙。当然，围墙与围墙之间还有一些特别的门洞。那是供建设者进出的。我不是建设者,但我试过冒充建设者或上级监督部门的人,也都没有混进去。那些守门人眼睛刁得很。当然,这些办法之所以无效,其实很大原因在于我不想用这种方式来达到目的。我做事一向都是很有原则的。没有办法,我开始翻这道最外围的围墙。可是,不知从哪儿突然冒出一个警察来,他"吧嗒"给我敬了一个礼,将我拦住了。他称我先生,并请我按交通法规行事。他善意的提醒,让我不得不从围墙上跳下来,告诉他我要去桃园,你说怎么走?他想了想,最后摇摇头说,没有路可走。我说那住在里面的人怎么出来呢?警察说,桃园本来就是一个荒野之地,除了建设者,没有别人。他说到这儿就咦了一声,说对了,既然没有人,你去那儿干什么?我告诉他,有关此行的机密我不能告诉他,要不,我未来的前程就丢了。警察见我这么说,就安慰我道,要不你到前面看看,那儿到桃园相对近一点。他说到"近一点"三个字时,嘴上有个小动作,泄漏了他在说谎;他是想骗我过去,离开他的管辖范围,那样就没他什么事了。我当然不是一个会轻易上当的人,我一向坚持我的原则。

最后我被带到附近的警署,警长问了我三个问题:你知道桃园是什么地方吗?既然没有通路你为什么还要去呢?你去干什么?我三缄其口。后来我被告知,既然桃园没有通路我就不能过去,懂吗?我连忙点头,懂懂懂。我想我连这一点也不懂,还想不想离开警署了?当务之急,我得先离开这儿再说,鉴于我良好的认错态度,我很快就出来了。可是,当我第三次被"请"到警署后,我不得不感叹,在现代社会里我想独自走出一条路来,是已经不可能了。于是,我不得不放弃去桃园的初衷。后来,桃园的建设终于竣工了,几个因为我问过路而熟悉了我的好心人,特地跑过来告诉我说,桃园通路了,我现在去那儿应该畅通无阻了。但我已经不想去桃园了。对我来说,这一切已经毫无意义了。

因为我终生的梦想,就是能够去一个别人去不了的地方。

夸父的 N 种死因

夸父游手好闲，专交些狐朋狗友，干些不正经的事儿，比如他教唆那个玩弓箭的狐朋，一口气射下了九只火烈鸟，人世间这才有了寒冷的冬天；再比如他拿泻药当减肥药去捉弄狗友，谁知狗友的女人偷吃了，因为泻得太猛，女人竟轻得飘了起来，被风吹进了广寒宫。夸父活到四十岁，依旧孤身一人，人们喊他童男，他就暴跳如雷，坚称自己不是童男，说他与广寒宫的女人有过关系。但是谁相信呀？于是便发生了地球人都知道的夸父裸奔事件。

夸父脱了个精光，在众目睽睽之下，发疯地奔跑，去追杀第十只火烈鸟。

夸父这一别出心裁的行为艺术，终于令他一举成名。

但他付出的代价也是惨痛的——他的生命。

有关夸父的死，人们说法很多。

第一种说法是：夸父在追杀火烈鸟时，瓢泼大雨便从天而降；人们见雨水又咸又酸，方知下的是汗。所以后世便有"汗如雨下"这一说。夸父就是流汗过多，渴得要命，才跑去喝渭水，又喝黄河水,两条河都被他喝干了(他的海量,来自于两条黄龙,即贯穿于夸父之耳的双蛇),但他还是渴,最后脱水而死。这是他自找的。谁叫他这么追杀火烈鸟呢?死都不肯放过。

第二种说法是:并不是夸父追杀火烈鸟,而是火烈鸟追杀夸父,最后杀死了夸父。火烈鸟杀死夸父并没有用刀用枪,而是用满腔怒火。所以后世便有"杀人不用刀"这一说。因为夸父曾经叫人害死了火烈鸟的九个兄弟。火烈鸟趁夸父裸奔之际,手无寸铁,就来了个紧逼盯人,最后还用火红的翅膀将他抱在怀里,活活地渴死。

第三种说法是:不管夸父是追杀火烈鸟,还是被火烈鸟追杀,他最后都是渴死的。他喝干了渭水和黄河之后,还是渴得不行,听说北方有大泽,就拼命地跑拼命地跑,终于见到了一片汪洋。夸父二话没说,跳进水中就喝。但他越喝越渴、越渴越喝,最后给自己灌了一肚子水,却还是渴死了。原来,他昏头昏脑地跑错了方向,把东海当作北泽了,喝的是海水,自然渴了。所以后世便有"一半是火焰一半是海水"这一说。

第四种说法是:夸父被逼跑到东海,跳进大海中,他知道海水是咸的,会越喝越渴,他也就没有喝。但是他已经没有力量上岸了。波涛汹涌的海水,与火烈鸟抗争着,夸父深感自己的渺小,并发生最后的感慨。所以后世有"沧海一粟"这一说。望着海水而不能喝一口,这种致命的渴望,终于击败了夸父,他沉入了海底。

第五种说法是:夸父并没有跑错地方,也并没有把东海当北泽,而是跑到半路上,他就跑不动了。他想用手杖撑起身来,却谁知手杖拔不出来了,夸父终于倒下了。当夸父的最后一滴汗水落地后,这根被烧焦的手杖发芽了。邓林至今犹在,但只剩下一个地名,却不见满山遍野的桃花。所以后世有"人面桃花"这一说,与夸父无关。

……

后世比较认同第五种说法,觉得这个说法有诗意,也有意义;一个被活活渴死的人,在生命的最后关头,依旧不忘为后人植下一片桃林。但诗意的现实是不可信的,这大概也是人们一个美好的愿望罢了。

🍑 向往老死

后山空置多年的豪华别墅群昨被神秘人物购走。

这条刊登在《M市快报》上的标题新闻，立刻引起了彼德的警觉，这位M市公安局的刑警队长，正为半年前一次特大凶杀案侦而不破，被各方面逼得想跳楼。后山这样偏僻的地方？神秘人物……莫非是犯罪团伙……彼德从地图上找到后山，久久地凝视着。

一个月色欠佳的夜晚，彼德独闯后山。这是他的拿手好戏。彼德在西峰下的制高点，观察后山坡花前月下的别墅，三三两两的，像夜明珠一般金碧辉煌。每幢别墅仅仅住一个人，共计九十九人；而且他们戴着相同的老头面具，奇丑无比，简直三分像人七分像鬼。彼德倒吸一口冷气，显得职业性的亢奋。这些人如此阔气，甚至连睡觉时都戴着遮人耳目的面具，来头肯定不小啊！但奇怪的是，整个后山宁静异常，宁静得一如陶渊明笔下的世外桃源；东方已欲晓，彼德不得不悄无声息地离开了那里。

七七四十九夜，彼德夜夜来后山偷偷侦察，但见那些戴老头面具的家伙，死一般地躺在各自的别墅里，此外他并不知道得更多；

若不是看到个把家伙行迟走慢地活动，彼德还当他们是犯罪团伙移藏的尸体呢。他们是谁？从何而来？来干什么？彼德的心头一团雾水，但职业的敏感告诉他，这些人决不至于来这儿等死吧！忽然从一幢别墅里传来令人毛骨悚然的怪笑声，彼德调整了高倍望远镜，看到一个戴老头面具的家伙，在怪笑声中轰然倒地，戛然而死；听那笑声，彼德分不清是喜，还是悲，但他感觉到别墅里出事了。毫不犹豫，彼德火速下了西峰，他决定铤而走险，非搞个水落石出不可。

接下来的事情，令彼德百思不得其解。他刚越过那堵高高的花墙，就成了那个少年的手下败将。这是他做了三十几年刑警的耻辱，因为少年看上去才十五六岁，愣头愣脑的；但他说自己来自遥远的冥王星，而且已经一百零一岁了。彼德明白自己落在一个疯子手里。

隔了两天，《M市快报》刊登了本市刑警队长彼德失踪的消息。

一晃五十年过去了。

M市刑警队长彼尔，就是当年彼德警长的孙子。当年爷爷忽然化作轻风一般的失踪，始终是彼尔心底不解的谜；但他苦苦侦探了十余年，却毫无结果，而且连根头发丝的线索都没有。

这天清晨，彼尔在办公室信手抓了张晨报，却看到一条惊人的信息。信息登在头版头条，说一位神秘人物向全世界各国生物科学研究机构，高价出售一种长生不老药；这种长生不老药已为各国科学家所证实，从普通莲子中提取一种酶制作而成；这位神秘人物由此成为全球首富，其财产无法估量。由于神秘人物不愿透露其国籍、姓名和年龄，所以不少媒体猜测其很可能是外星人。消息的边上，有一幅"无冕之王"偷拍的照片，神秘人物只有模糊的轮廓，但彼尔还是一眼认出那件过时的风衣，愣住了。

彼尔抓着报纸，箭一般地"射"出电脑室，对照片中的神秘人物进行电脑数码辨别、分解和模拟成像；模拟资料告诉彼尔，此人确系身着他爷爷当年所穿的风衣；面部特征若非他爷爷，那必定克隆的他；唯独年龄不符，才五十岁左右，而他爷爷屈指算来，也将近一百岁了。但职业直感告诉彼尔，那个神秘人物与爷爷彼德之间应该打上一个大大的问号？

原来，彼德警长在后山别墅真遇到了冥王星人。冥王星人在一千年前，从一个中国古代就枯竭的荷塘里发现了古莲子，神奇的是一培育，四天就长出嫩绿的新芽来，这太不可思议了。冥王星的科学家终于从千古莲子里找到了一种修理细胞的酶，并大量生产这种酶，使冥王星人的寿命一下子延长到三百岁以上。但冥王星人活到两百多岁后，会突然食欲渐无，骨露肉消，行迟走慢，三分像人七分像鬼，统统成了老而不死的"僵尸"，年龄剥夺了他们人生的全部快乐和幸福，留给他们的是无穷无尽的孤独和死寂，无穷无尽……他们唯一的愿望，就是死神早点来临。可是按照冥王星的法律，无病无灾的老人是不能实行安乐死的。听说地球上的生命至今还停留在生老病死的阶段，那个已一百零一岁的少年，就带着向往老死的亲人们来了……

巴别塔

这天，有一大帮人在争论，人到底是谁创造的？有人说母亲，有人说父亲，有人说父母亲。于是，就有人说，那父母亲又是谁创造的？这时候有个小胡子男人经过天边，被一个近视眼发现了。他使劲想看清楚他是谁，但只看到一个模糊的影子。他就大声问，是上帝吗？大家疑惑地望着近视眼。他又问，是上帝吗？大家知道他的眼睛是被书本弄瞎的，也就相信了是上帝创造了人。

结束了争论，大家因为没事可做而更加无聊。有人提议说，反正闲着也是闲着，不如造一座通天塔，大家可以爬上去，和创造人类的上帝见见面，聊聊天，猜猜脑筋急转弯什么的。这提议一出，应者如云，并且说干就干，就地造起塔来了。大家齐心协力，夜以继日地工作，塔就呼呼地往上长，直指云霄。小胡子听到下面叮叮当当的声响，一瞧，顿时傻眼了。一座高塔都伸到他脚边了。正当他一筹莫展、惊恐万状时，神迹出现了：一只黑乎乎的小鸟，从天际飞过，它朝塔心里拉了一泡白屎。不一会儿，从鸟屎里冒出一棵树芽来，见风就长，呼呼有声；顷刻之间，小树长成了参天的大树。

无数的树根犹如蛟龙入海,在塔基地下翻江倒海,一夜之间令接近天边的塔坍塌了,埋人无数。塔成了天然的墓地。不知谁先捡了几块青石砖回家搭猪圈,于是你也捡我也捡,捡去搭猪圈羊圈鸡圈鸭圈;即使无圈可搭,别人捡得为何我捡不得呢?也非要捡些来扔在自家的房前屋后,以求心理平衡。不多时日,全部塔砖被捡得一干二净,唯丢下白骨几堆,荒草遍地。有谁相信这个地方,不久前曾建过一座高塔呢?

伟大的上帝啊!人终于见到了你的神迹。

但一波刚平一波又起,塔是塌了,可那株见风就长的大树,仍让上帝焦虑万分。照它的长势,要不了几天,非把天堂的围墙穿个窟窿不可。如此这般,人还不是照样顺着树枝爬到天堂来,混杂在天使中间,就像偷渡一般。那样天堂与人间的区别何在?诸神的威信何在?尤其让小胡子恐惧的是,一旦让人瞧见了天堂的龌龊相,将来还会有人想进天堂吗?没有人向往的天堂,还能叫天堂吗?他找了把斧子和锯子,又砍又锯的,却赛过给大脚风搔痒,根本不起作用。这可怎么办呢?正当他再次痛苦万分时,神迹出现了:天要下雨了,一阵风正巧经过此地,风用一只小手指头轻轻地点了一下树枝,大树就轰隆隆地倒下了,连根拔起。几天的曝晒,大树干枯了,于是大家又剪的剪、锯的锯、砍的砍,一抢而空。要知道树一身是宝,粗的做家具,细的当柴火,大家何乐而不抢呢。大地上荒草凄凄真干净。

万能的上帝啊!人终于又见到了你的神迹。

而那个小胡子男人几经挫折,始终过着胆战心惊的日子,他时刻注视着天下,唯恐人又想出什么稀奇古怪的事情来。

都市围猎

　　位于西郊的原始森林，是一座二十一世纪高科技的围猎场，是供具有冒险精神，却无法步入虎狼出没蛇蝎横行的、真正的原始森林和沙漠的都市人寻求刺激的。虽说占地面积仅一百五十余亩，却可谓寸土寸金，每一寸都用尺高的百元大钞铺就的；所以进去潇洒走一回的门票也是个天文数，但越贵越刺激都市人的胃，非要进去过把瘾就死。久而久之，男士上过原始森林，成了美少女择偶的首要条件；用时尚的说法，此男士是大款加勇士，属于双优生。但今天来围猎的二男一女，似乎不在此列，真有些来历不明。

　　接待他们的是电脑博士，人称活电脑。这围猎的程序是，活电脑根据顾客对围猎全过程的描绘和要求，立刻编制一套顾客围猎全过程的控制和服务的程序。那二男一女是这样描绘的：他们三人披荆斩棘，爬到半山腰时，突然狂风四起，乌云密布，倾盆大雨说来就来；他们三人躲进一个山洞避雷阵雨，在洞中与一匹老狼相遇……他们来到悬崖陡壁，忽见陡壁上长着一支千年人参，于是他们中间的一个，奋力攀登，就在他举手去采人参时，突然从草丛中窜出一条巨蟒来,朝他呼呼地吐着蛇信子……他们继续向上爬,爬过了高山,在山谷的急溪边,猝然和一群老虎相遇,这溪水是雪山的冰雪融化而来,不但特别冷,而且水又特别急,山溪更是特别的深;他们被困在死地,那群饥饿的老虎一步步地向他们逼近……活电脑一边听他们描绘,一边编着程序;他们的围猎故事讲完,程序也就编好了。按照二十一世纪娱乐公司的规定,活电脑将中(故事)英(程序)文打印出来,一式两份,双方签字画押,起到合同的作用。

由于原始森林里出没的飞禽走兽,都是由尖端科技与仿生系统研制成的机器动物,所以以往扛着激光枪进去围猎的猎手们,全是一脸有惊无险的表情。但这二男一女却一脸如临大敌的严峻相,那个女的甚至脚都抖了。按照已定的程序,果然大雨,果然在山洞与狼相遇;三人条件反射扳响了激光枪,老狼应声倒地。其中一男,从长靴里抽出尖刀,扑上去直刺狼的心脏,老狼仿制的鲜血直喷。这显然不在娱乐公司的程序之内,但在他们既定的计划之中。他们六眼相对,心照不宣。接着他们遇见巨蟒,又是七寸头上一刀。又一男从巨蟒腹中取出高科技信息收放盒,那女的急忙在收放盒里连接上小型键盘。

不知不觉中,他们涉过一山又一水,在一条雪水滚滚的急溪边,与一群饥饿的老虎相遇;说时迟那时快,那女的,纤纤十指在小键盘急雨般的一阵敲击,但见那群老虎纷纷仰天长啸,东奔西突,发疯地冲出原始森林,消失在都市的郊野……原始森林一片混乱,不,整个都市一片混乱,几近瘫痪;调动了该市所有武警官兵,四出围猎原始森林逃窜的毒蛇猛兽。

原始森林围猎场遭此一劫后,因无人问津而倒闭。

据媒体透露，原始森林中的飞禽走兽，因为成本过于昂贵，无一是高科技的机器动物，统统是克隆出来的真正野兽，靠催眠药和信息收放盒来控制。都市人只求刺激，不求死；要知原始森林里是真正的野兽，谁还敢去？

天国的钥匙

有一天,上帝对圣徒保罗说:"我把通向天国的两把钥匙交托于您。"从此,保罗就守在天国的大门外,掌管着天国的钥匙,一把金钥匙,一把铁钥匙。有人从人间来,想往天国去,就必须选择其中一把钥匙打开大门,进入天国。保罗注意到,一般人都使用金钥匙;但也有极少数人,使用铁钥匙。保罗还注意到,无论用金钥匙还是铁钥匙,他们都来到天国的大厅。大厅其实是座浩瀚的时间迷宫,入口只有一个,但出口却有两个:一个是天堂,另一个便是地狱。

有一天,保罗对自己掌管的天国钥匙感到毫无意义,就对上帝说:"既然谁都能上天国来,为什么还要把天国锁起来呢?敞开着天国的大门多好啊!既然开门进去都是天国大厅,为什么还要分金钥匙铁钥匙呢?"

上帝笑道:"保罗,你在人间呆了那么久,难道还不懂得人性吗?这只是个仪式,因为凡人最热衷于仪式。他们拍个影片、搞个活动、甚至建幢房子,都要搞开机啊启动啊奠基啊仪式,完了还要搞杀青啊落成啊竣工啊仪式。我们就以中国女明星为例吧，年轻时靠脱来成名，一旦成名便严丝合缝地把自己的身体包起来，恨不得把脸也包起来；而且坐的穿的戴的都是国际名牌，这便是所谓的身价。名牌的意义就在于让脱光它的女明星身价更高。包只是手段，脱才是目的，把天国锁起来也是如此，目的是为了打开它。不瞒你说，如今上天国来的人明显少了。人间已有严重的信仰危机，天国已不像过去那么吸引人了。"

"噢！"保罗点头道，"我懂了，两把钥匙也是这个道理。"

上帝叹了口气道："保罗，你又错了。你注意过他们选择钥匙时的神情吗？"

保罗说："有啊。他们神色各异，盯着两把钥匙看来看去的，常常迟疑不决；难道这里还有什么奥妙吗？"

上帝笑道："奥妙无穷呵。表面上看，这是两把钥匙，一把金的，一把铁的；实际上是一把钥匙的对立齿轮，当金钥匙显示恐惧图案时，铁钥匙就显示贪婪图案；当金钥匙显示仁慈图案时，铁钥匙就显示残忍图案……人间种种对立面都以图案的形式，一刻不停地在两把钥匙上呈现，并且两把钥匙都有记忆功能，能记录选择者的反应，由此来决定他们在天国的命运。"

"原来如此。"保罗又问道："但那有什么用呢？他们不都是来到大厅里吗？"

上帝说："意义就在于，人选择钥匙的同时，也就选择了他所走的迷宫。钥匙不同，迷宫也截然不同，结果就更加千差万别了。你知道天堂有九重，地狱有十八层，谁该上天堂第几重？谁该下地狱第几层？这是一个相当复杂的问题，如何做到公平、公正和公开，需要依仗记忆的钥匙和迷宫的多项测试才能确定。过去我在天国大厅里设了国民办理中心,每个进入天国的人,都由最基层的教会提供档案,由各级教会层层审批,并提出建议,最后由最高教会裁定,该人是上天堂还是下地狱?是上第几重天还是下第几地狱?但这个审批过程相当漫长,短的也要三五个月,长的则三五年,有的甚至没有了下文,长期滞留在大厅里。这还不是主要问题。致命的是,它滋生了腐败,各级教会徇私舞弊、贪赃枉法、篡改档案……"

保罗高兴道:"所以,您改革天国制度,并将掌管天国钥匙的重任交给我。"

"是啊。"上帝说,"为了引起人们的足够重视,我把这个任务交给你;因为你是我众多圣徒中的NO.1,由你来掌管钥匙,天国的钥匙才显得更神圣。"

"谢谢上帝!"保罗发誓道,"我决不辜负您的期望。"

枷锁下的歌手

任民出生在将军家庭。谁叫她是个女孩,而且还是个独生女,所以打她一出生就被当作男孩来抚养,因为她得担当起"子承父业"的重任。任民有天赋,嗓音特好,天生就是唱歌的料。其父任大河是个歌唱家——一个从文艺小兵靠唱歌把自己唱成将军的歌唱家,很不容易。任民从小就在父亲严厉的管教下,学习唱歌。本来,任民嗓音好,又喜爱唱歌,而且小小年纪就识乐谱;但凡有外人的场合,父母都会让她"露一手",博得如潮的赞美声。小任民也乐此不疲。可是,望"子"成龙的父亲,不仅将她男性打扮,而且对她实施的魔鬼训练也到了极其残忍的地步:任民三岁就学钢琴,四岁加学小提琴,五岁加学舞蹈,六岁加学美声……总之,到了她八岁上学时,每天业余时间起码要上三四个"兴趣班",搞得她非但一点兴趣都没有,而且还苦不堪言;父亲任大河虽说是靠唱歌获得的将军头衔,但手劲却一点也不比武官差;每当她因为睡眠不足而昏昏沉沉,思想开小差时,任大河就一把掐住她的脖子,朝她大吼;吓得任民魂飞魄散,吊起嗓子尖叫。

任民将其父的手掌称之为"魔掌";她的童年和青少年,都是在"魔掌"中度过的。只要父亲的"魔掌"掐住她的脖子,瞌睡懵懂的她就彻底清醒,萎靡不振的她就精神抖擞,面无表情的她就神采飞扬……甚至于平常上不去的高音部也不在话下;久而久之,任民感觉到其父的"魔掌"始终掐在自己的脖子上。有时候任大河不在她身边,任民也自觉地履行起其父的职责来,用自己的双手狠狠地掐住自己的脖子,命令自己歌唱,用生命去歌唱。任大河自己就是这么做的,他也是这么教育她的:要想成为一名歌唱家,不管用什么手段,都要逼自己用生命去歌唱。唯有如此,才能成为真正的歌唱家。

任民不负"父"望,十六岁就出道,在歌坛崭露头角后,迅速蹿红大江南北。虽说有身为将军的歌唱家父亲为她开路铺道,但成功的关键还在于她得天独厚的天赋,和后天残酷的魔鬼训练;再加上她另类的男性打扮,身着银灰色竖领的中山装,却又在脖子上系条粉色的丝巾,简直迷死人了。不仅如此,任民在表演风格上也另辟蹊径,走出一条唯她独有的特色演唱路子来。给她伴舞的,要么是彪形大汉,满脸横肉,手提一块大砖,凶神恶煞地冲她而来,欲将她一砖拍死;要么是一群青面獠牙的鬼魂,挥舞着无情的利爪,向她扑去,仿佛要将她掐死在舞台上……总之,任民在令人耳目一新却又深感诡异的场景中,向歌迷们奉献出一首又一首令人叹为观止的歌曲。当彪形大汉或恶鬼们用力扯住她脖子上的丝巾,欲将她勒死在舞台上的那一刻,她用生命唱出了世上的最高音;把台下的歌迷感动得一塌糊涂,掌声雷动,泪如雨下,甚至有歌迷疯狂地冲上台去,找彪形大汉和恶鬼们拼命。歌迷们越是为之疯狂,任民就越是大红大紫。

往后的十年，任民势不可挡，直逼歌坛一姐的霸主地位；她红得发紫、紫得发黑。但就在她处于歌唱事业顶峰时期，却发生了意想不到的逆转，以往她巡演时每场必到的那个特别座位上空了，那个对任民来说不可替代的人物——她的父亲溘然去世。那双紧紧掐住她脖子的"魔掌"消失了。无论是她的歌迷、经纪人，还是主办方，都惊讶地发现，此后，任民在演唱中常常失误，她不但忘了歌词，而且发呆。没有人知晓个中原由，唯有任民自己清楚，当她的脖子被人狠狠地掐住时，她就拼命地想歌唱，而且条件反射般地用生命去歌唱；但她的脖子一旦获得自由，她就会茫然地东张西望，忘了歌唱。过去，有父亲的"魔掌"，以及舞伴们的施压，使她的歌唱事业如日中天；如今她父亲走了，舞伴们也因为表演风格的更新而改变，舒缓而又唯美的伴舞，令她不知所措。

经过一段时间的低迷期，任民"穷"则思变，偷偷地给自己定制了一条智能项圈，纯金，掩饰在粉色的丝巾下；小小的遥控器就掌握在她的手中，但凡到了演唱的高潮，她就暗暗地揿住遥控器，让脖子上的金项圈不断地收紧，再收紧；于是，她脖子上的"魔掌"又回来了，又狠狠地掐住她的脖子，掐得她的肺都要炸了；她的潜能就被激发出来，她的歌声一路飙升，直达其他歌手难以逾越的高度。那个神采飞扬的任民又回来了，那个霸气十足的任民又回来了，她无疑是当今歌坛的大姐大！就在歌迷们为之欢呼、为之疯狂的当口儿，任民突然坠倒在舞台上，气绝身亡。而此时此刻，她那高亢的歌声依旧余音绕梁，令所有在场的观众深感悲痛。事后有报道称，任民酷爱歌唱事业，她不同寻常的激情来自于神秘的力量；她的歌唱太美了，就连最迟钝的感官也无法抗拒它。任民的歌唱，充分展示了我们民族固有的艺术特点：那就是用生命去歌唱。

上帝的一碗阳春面

这天，上帝回到天堂，把祭司亚伦召去，对他说："去给我煮碗阳春面来。"

亚伦就急忙叫他的四个儿子去办。

亚伦是上帝的祭司，相当于天堂的后勤总管；他的四个儿子都是御厨房大厨，专门负责上帝的饮食。这次上帝外出巡视长达三个月，让他们闲得慌。现在上帝回来了，一个个擦拳磨掌，正准备好好露一手；谁知上帝却只要一碗阳春面，惊得他们面面相觑。阳春面是什么？他们当然明白；但清汤寡水的一碗光面，最多放三颗葱花、两颗盐；这样的一碗面上帝要吃吗？退一万步说，就算上帝要吃，你能给他吃吗？兄弟们琢磨来琢磨去，答案只有一个：上帝这是故意给他们出的难题，就是要看看他们各自的本领，谁能把一碗阳春面做得活色生香滋味第一流，谁就是祭司的继承者。因为亚伦在上帝面前点头哈腰的，但转身就人五人六的，常常惹得上帝很生气；另外他已年迈，上帝早就想让他休息去了。

四兄弟铆足了劲儿，就在天堂御厨房忙碌开了。

不一会儿，亚伦的长子拿答奉上他煮的阳春面。上帝举筷，从碗里挑起面条，热腾腾的香味就扑鼻而来；上帝一阵恶心，放下筷子，就问拿答："你煮的是什么？"拿答垂下双臂，恭敬地答道："神呀，我是用刚磨的精细麦粉与刚下的鸡蛋和面杵制的，底料只用了高汤，撒了三颗葱花，就是您要的阳春面哪。"拿答追求的是一个"快"字，他总是能赶在其他的兄弟前面，第一时间把事情做好。但上帝大皱眉，挥手，让他将原封不动的碗面撤了。

亚伦的次子亚比户随后奉上他煮的阳春面。亚比户将七种颜色的食物剁成粉末，和在精细麦粉中，轧出七色的面条；蒸以清水，再将每色面条盛到碗里，就成了一碗彩虹般美妙的阳春面。亚比户追求一个"美"字，但凡他制作的佳肴无不形美。谁知这无与伦比的阳春面，上帝一口都没吃，就没好气地责备道："你是怎么搞的？尽煮些乌七糟八的东西来糊弄我？这是阳春面吗？阳春面是这个样子的吗？"

亚伦的三子以利亚撒见大哥和二哥败下阵来，心中窃喜，就笑微微地奉上他煮的阳春面。以利亚撒追求的是一个"鲜"字，他将数十种现采的菌类植物、新鲜鱼肉、现剥虾仁和西红柿、红辣椒等佐料，用搅拌机磨碎后，过滤，将汁水熬熟，冷却后和以精细麦粉，杵成面条。面条煮沸后，捞起，加清开水、盐和葱花即可。以利亚撒坚信只要上帝吃上一口，非鲜得眉毛都掉下来不可；而且味道酸酸的、辣辣的，绝对的开胃，增强食欲，上帝绝对爱不择手。上帝端起碗来，只吃了一口，就一阵反胃，不但将口中之物吐了，还让亚伦取来清水漱口。这次上帝连问都懒得问，就挥手让亚比户把他的粥汤端走。

上帝余气未消，又道："叫你们煮一碗简单的阳春面，至于搞得这么复杂吗？"

候在门外的拿答、亚比户和以利亚撒都瘪着嘴，纵起鼻子，小声地嘀咕道："神呀！谁想搞得复杂呀，还不是因为您是上帝！"

亚伦见势不妙，叫小儿子以他玛先等等，赶忙去找弟弟摩西；摩西是上帝最宠爱的使徒，这次外出巡视就是由他陪同上帝的。亚伦把上帝一回天堂就说要吃阳春面，以及三个儿子上面被骂的情形详细地说了，便询问是怎么回事？上帝出去巡视是否碰到啥事，或受了啥刺激？摩西想了半天，摇头道："这次出巡很正常呀，所到之处都热情款待，天下的飞禽走兽、山珍海味，可谓都吃厌了。"摩西最后说："我想是上帝在外面吃倒了胃口，就想吃点清淡、粗杂的东西吧。"亚伦有些不放心地追问道："你确信？"摩西说："绝对错不了。"他张开自己的嘴，朝他哥哥哈气道："你闻闻，我这张嘴都吃臭了，也只想吃点清淡、粗杂的东西呢。"

亚伦心中有了底，就去御厨房的粮仓里找了一袋发芽的小麦，粗粗地磨了下壳，就像糙米是活的米一样，这小麦也是活的麦，磨了粉，黄不啦叽的；用清水和了，杵成面条；先在沸水中捞了一下，换清水再煮沸，加了三颗葱花两颗盐，就让以他玛端了上去。以他玛见老头子煮出如此粗次烂糟的阳春面来给上帝，吓得够呛，给上帝端去时浑身哆嗦，只怕自己命不保夕；谁知上帝一吃，竟然龙颜大悦，连声称赞："这阳春面好！又香又鲜，口感也好；不错不错，到底是亚伦的儿子……"气得候在门外的三兄弟直翻白眼，怨老头子不公平，偏爱小儿子。

北极的春天

老火炼蛇在热带丛林生活了五百年，早就厌倦了热带丛林的生活；因为是热带，它从出生到现在，从来没有休息过，也不知道冬眠是怎么回事，每天活得很匆忙、很累，它就想好好地休息一下。老火炼蛇听说北方有个很好的休息之地，叫北极，它就狠狠心，走了。

老火炼蛇走出那片生活了五百年的丛林，停在丛林北边的一棵老树下；它回头望望自己一直生活着的地方，这一走可能就永远不回来了。老树是它几百年的老朋友，老火炼蛇总得跟它道个别、辞个行。老树非常吃惊，说你怎么会有如此稀奇古怪的想法呢？在家千日好，出门一日难；谁知道这一路上会遇到什么呢。老树劝它不要走，这里的生活虽说千篇一律，但熟悉得不能再熟悉了，所以才活得省心，你怎么活也不会出问题。老火炼蛇摇头道："唉，什么样的活法我都活过N遍了，没意思。"它绕树一匝，拥抱了一下老朋友，匆匆离去。

老火炼蛇一路向北，来到青山绿水的江南。江南美，它替老树可惜，如果老树生长在江南的青山上，那将是多么高大的树呀，不知令多少人赞叹呢。老火炼蛇逢山过山，遇河过河，旅途生活非常精彩。在山中它遇到一头大野猪。大野猪活了很多年，在野猪中已经是位长者，但它从未见过如此巨大的火炼蛇，吓得拔腿就逃。老火炼蛇奋起直追，它们俩在高山上赛跑，最终老火炼蛇截住了它。野猪苦苦哀求道："别吃我。"老火炼蛇笑道："谁说我要吃你了？"野猪颤抖道："那你追我干什么？"老火炼蛇说："玩玩呗，这多有意思呀。"野猪得知老火炼蛇要去北极，惊诧得铜铃大的眼珠子都丢出来了，它说："你是生活在热带的火炼蛇，去那个冰天雪地的北极做什么？找死呀。"老火炼蛇生气道："你才找死呢。我们蛇是冻不死的，那叫冬眠，等春天来的时候，我们就又苏醒了。"

　　老火炼蛇告别野猪，执意往北挺进。它一路跋山涉水，来到大草原；大草原芳草凄凄，就像铺了天大地大的绿绒毯，老火炼蛇在绿绒毯上翻滚、畅游，捕捉野兔，那个美劲就别提了；当它飞速地穿游在大草原上，就像一条移动的河流。数十只秃鹫发现这条彩色的河流，纷纷停在河流上。老火炼蛇回过头来，把秃鹫吓坏了，又纷纷逃入空中。老火炼蛇没有理睬它们，独自戏耍着，继续向北。秃鹫中的带头大哥好奇地问它去哪儿？老火炼蛇说去北极。秃鹫们发出古怪的笑声。老火炼蛇问它们笑什么？秃鹫反问道："你知道北极吗？"老火炼蛇摇摇头。秃鹫大哥说："那儿成年雪花飞舞，冰冻千尺，你一条火炼蛇，虽说有五百年的道行，那也不是你该呆的地方呀。"老火炼蛇说："知道那儿冷，我才去的。""呵，为什么？""我活了五百年，太累了，我想找个安静的地方休息，它们告诉我北极是最佳的去处。""你上当了！赶紧回你的热带吧。"老火炼蛇坚定地摇摇头说："即使是最冷的地方，也应该有春天呀。"秃鹫大哥说:"你会死得很惨的。"老火炼蛇去无所谓地笑道:"那就死得很惨吧。死,其实是最大的休息。""简直无可救药!"秃鹫们不再理睬它。老火炼蛇就一往无前地向北,再向北。

秃鹫们认准这老家伙会死在去北极的路上,它们尾随着老火炼蛇,准备等它寿终正寝后收拾残局;老火炼蛇越往北,天气就越是寒冷,行动就越缓慢。秃鹫们跟了一天又一天,跟了一程又一程;但老火炼蛇夜以继日地游,加快了前行的节奏,尽管它游得越来越慢。秃鹫们估计它早就该翘了,但它却依旧坚持着。虽说蛇是冷血动物,但在这很北的北方,外界的寒冷早就超过了它的冷血。这儿的低温连秃鹫们都感到绝望,可是这条来自热带的老火炼蛇咋就这么耐寒呢?它咋就还不翘呢?是的,老火炼蛇缓缓地扭动着巨大的身躯,一小弯又一小弯地扭动着身躯,慢慢地向它心中的北极推进。

跟随老火炼蛇已经很久的秃鹫早就不耐烦了,纷纷向带头大哥提议,老火炼蛇行动缓慢,失去反击的能力,现在大家合力攻击,定能将它收拾了。但是,奇了怪了,带头大哥却做出了一个令人啼笑皆非的决定:帮助老火炼蛇完成终生的心愿。秃鹫们傻眼了。带头大哥说:"靠老火炼蛇的力量,是无法抵达北极的;但它的这种精神令我肃然起敬,我想借大家的力量送它一程,你们看怎么样?"秃鹫们也深有同感,齐声道好。

于是,秃鹫们抓住老火炼蛇身体的不同部位,齐心协力,用它们强有力的翅膀,带着老火炼蛇飞上天空,迅速向北极飞去。住在北极地区的爱斯基摩人,突然发现天空飞过一道彩虹,惊讶得哇哇大叫。秃鹫们将老火炼蛇安放在北极一座空旷的冰岛上。老火炼蛇匍匐在晶莹剔透的冰上,感到从未有过的困意迅速将它包围,它知道那就是它想要的休息,便进入传说中的冬眠。雪落在老火炼蛇身上,雪落在雪上,老火炼蛇冬眠在厚实的雪堆中。

又是五百年过去了,春去春又回,老火炼蛇至今依旧冬眠在北极的雪层中。

出　秧

　　我一早从省城坐车，再转轮渡过江，从七闸渡口步行三里路，回到三角街已经很晚了。村子里静悄悄的，秋夜凉丝丝的，村里人睡得早，家家户户黑灯瞎火的，唯有东方初升的月亮，黄澄澄地照着屋树和田野。从牛家门前经过时，我从齐肩高的篱笆墙上望过去，只见一位老人蹲在屋檐下，头埋在臂弯里，好像在哭泣，但我听不到哭声。我没有停步，匆匆地赶去父母家。父母在丁字路口开了爿小店，此时还醒着昏暗而又明亮的灯。

　　因为事先没有联系，父母见到我这个不速之客，惊慌多过惊喜。母亲为家里没有饭菜可以招待我而连连叫苦，最后下了碗面，面里磕了两枚鸡蛋。父亲连忙给我泡茶，不停地问我有什么事吗？他担心我为什么事而来，或者我家里出了什么事。听我说明天要去县城参加一个同学会，就提前回家转转之后，终于安下心来。吃面时，我没话找话，就说有个老人在牛家门外哭，却不见有人出来，也不见灯火。父母顿时大惊。母亲讳莫如深地跑去房里，在观音菩萨像前点烛焚香，敬拜祷告，嘴里念念有词。我再三问父亲，父亲最后才支吾道:"你看到的是牛伯,他已经过世七八天了。""啊!"我哑然失笑道:"怎么可能?难道我见到鬼了?"

母亲先是埋怨父亲多嘴,但随后也自个儿说开了。听母亲说,牛伯苦了一辈子,最早是从绍兴讨饭过来的,老婆有严重的哮喘病;他有三个儿子两个女儿,全靠牛伯一个人到外面扒心扒肝地扒,才扒回来一家活命的东西;但一个个精瘦精瘦的,比猴子强不了多少。日子最苦倒也给他熬出了头,两个女儿相继出嫁,三房媳妇又娶进门;可好日子才刚开了个头,他老婆就"当啷"过世了。牛伯从此独自生活,做点吃点,稍有积蓄就补贴给三个儿子家;日子也过得顺风顺水,有时候他到小店里来,打一碗散装老酒,要一块酥油饼,就有滋有味地坐上半天,回家时还哼个小曲呢。但是没多久,一个大雨天里也不知他出去做什么,就要死要活地摔了一跤,屁股骨摔断了;也没人带他去医院看,就翘松松地躺在家里。开始儿子女儿的,还常跑来看看他,给他端点吃的,给他净个身,但日子久了,谁也扛不住这个事儿;牛伯就有一顿没一顿的,尿屎都拉在床上也没人管,家里臭得根本进不了人。母亲说到这儿,啧嘴、摇头,一脸鄙夷;说得我也脸有愧色。我已经有五年没回老家了。母亲接着说,村里也去看过他,牛伯下身都烂坏了,蛀虫爬得到处都是。就这样,牛伯又撑了一年多,前不久才过世的。是他小女儿来看他时发现的,人已经臭了,大概死了有几天了。听得我唏嘘不已。

母亲说今天大概是牛伯出殡的日子。我不懂什么叫"出殡"。母亲就此解释了一番,听得我浑身起鸡皮疙瘩。母亲最后埋怨道:"牛伯这一世人还没有做够吗?还想赖在家里不肯走。"我不知道母亲何故这么说。但父母都认为我威光低、魂度弱,才看得见鬼的;就再三叮咛我天黑之后不要出门,防有不测。我尽管觉得可笑,但瞧着俩老严肃的样子,就满口答应了。

这天夜里，我一直无法入眠；刚入睡又是梦，梦见自己在逃，却不知为什么逃窜。十分恐慌，七逃八逃就逃到一间破屋子里，却无处藏身；破屋子里空荡荡的，只有一个老瞎子，颤抖着双手，像瞎子摸象一样摸着墙头。我问他干什么，他说他要回家。我一把拉住他说，你不能出去，外面有人在追杀我。但老瞎子不听，他非要出去；我和他争吵起来，就突然惊醒了，吓出一身冷汗。第二天一早，我擅自从父母的小店里拿了一袋"北高峰"料酒和两只酥油饼，偷偷地来到牛家，放在昨晚老人坐过的地方；又从屋前的树上折下一根活的树枝，斜靠在门边上。随后，我回父母家吃了早饭，就赶去县城会老同学了。

同学会设在蓝天宾馆，当年全班四十五个同学，只来了二十三个，个个事业有成、家庭幸福。宴会从中午一直闹到傍晚，大家喝了很多酒，就说起三个已过世的同学；一个当交警的，去处理一起车祸的途中被另一起车祸夺去了生命；一个老板患了绝症，不治身亡，年仅三十九岁；一个官至反贪局副局长，出了事，就自行了断了。也不知怎么的，我就说起牛伯，就搬出昨晚母亲说的话："过了头七，逝者就会从埋骨的坟墓里回家来一趟，看看他生前的院落和屋子，他种下的花草树木，他打下的粮食，他坐过的板凳、睡过的床和用过的器物，他养过的禽畜……总之，但凡他生前的一切，他都会一一看看、摸摸；这天他的亲人们要远远地躲出去，把生前的家完整地还给逝者，出门时还要准备一根鲜树枝安置在门口，好让逝者离开时沿着树枝，爬上墙头，拐上屋顶，再攀上更高的树梢，化作一缕青烟，飘然而去。从此与生者两不相扰。"大家放下酒杯，直愣愣地瞪着我。我又自说自话道："知道人为什么有灵魂吗？因为他是人。"

取经后传

话说唐僧师徒从西天取得真经，回到东土大唐，受到国人的夹道欢迎；但万人的庆功大会，却迟迟没有召开。当初凡仙两界的头头，是唐王、玉皇大帝议定的，只要取经回来，让他们个个修成正果，也没有声音了。却听说各级各部门对取经之事非议不少。

各级各部门的诸多非议，归纳起来有两点：

一、他山之石可以攻玉，东土大唐的政府机构、国营集体企业等等，如今取经成风；各式各样的取经队伍，很少有几个去取真经的，十有八九是取祖国各地的山海经、风"景"和食经。唐僧他们虽然取得真经，但形迹可疑；本来孙悟空几个跟斗的事情，非得花上三五年的时间不可？这取经又不是骑自行车环球旅行，每到一处就请人画押，免得吃吃力力绕地球骑了一圈回来，要人相信又口说无凭。取经吗，管它地上走，水中漂，还是空中飞，管它经过了多少个地方，只要多快好省地把真经取回家，才是根本。唐僧可以让孙悟空驮着翻跟斗，或者一起腾云去的嘛。

二、取经真的需要这么多人吗？猪八戒一路之上除了添乱、鼓吹分裂主义、想吃喝嫖赌之外，他又做了什么有益于取经的事？沙僧虽然人品不错，忠厚老实，值得信任，但于取经既无功劳也无苦劳，其实他肩上那副担子完全可以驮在白马身上；此人从头到尾，只做了这点无用功。再加上一个平庸无能、又刚愎自用，又偏听偏信的带队领导唐僧，大家凑在一起没事找事，没是非也要搞出点是非来热闹热闹。纵观其取经全过程，人浮于事，全过程都在磨蹭；也不管人才庸才与奴才，有活一起"做"，这个做自然是能者多劳，无能者休闲，事成之后，功劳一起分，最不济"没有功劳，也有苦劳"吧。

当然，其他问题也不少。

因此，给唐僧师徒四人的庆功大会，是一拖再拖，拖了大半年后，才隆重召开的。照惯例，只要取成了经，取经途中纵然错误犯了千千万，也就一笔勾销了。不管怎么说，把事情给办好了总是事实，管他花了多少人力物力财力和时间；再说没有功劳也有苦劳呀！所以唐僧立特等功，孙悟空立一等功，老猪和沙僧立二等功，白马立三等功，个个立地成佛。

这辈子你去过哪儿

有个富三代,生来喜欢周游列国,到他五十来岁时,已游遍了世界;即使像南极这种人迹罕至的地方,也留下了他的足印。现在,他已经没有地方可去了。这使他非常苦恼。因为旅行是他的人生梦想,在路上是他的座右铭。但他的家人不明白他,世界之大,怎么会没有他可去的地方呢?他们扳起手指头来,把七大洲四大洋上的地名报了个遍,但回答他们的只有两个字:去过。

这天,他无聊之极,没有驾驶越野车出去,而是从家门口跳上一辆公交车,一直乘到城郊的终点站,然后漫无目的地朝乡下走去;行走是他唯一的目的,直到午后,饥渴交加,他才找到一户农家,对满头白发的老妇说明来意。老妇请他进屋,给他倒了碗水,又连忙做饭。他环顾四壁道:"大妈,家里人呢?"老妇说:"他们都出去了。"老妇有三个儿子,她所说的"出去",是指离开农村进了城。"那老伴呢?""十年前就过世了。""您一个人住不冷清吗?""不冷清,有老头子在。""他不是……""噢,他就在这儿……"老妇指指屋后的小山坡。

饭后,老妇又给他倒了一碗水。"家里连颗茶叶也没有。"她非常抱歉道。他笑了:"白开水就很好啊。""先生从哪儿来?"她问。"县城。"他答道。"到哪儿去?""随便走走。""跑这么远做啥呢?""不做啥。""多可惜啊。""为啥?""你啥都不做,跑那么远不可惜了吗?""不可惜,随便看看嘛。""看到啥了?""看到田野、小山、农舍,还有大妈您……""看了有啥用呢?""没啥用。""那还不是可惜了!"老妇说着不好意思地笑了,满脸小河般的皱纹。

对他来说,从县城跑到这乡下,不过三四十里路,算个啥?他连南极都去过。想到以往种种天南地北的经历,他不禁问老妇:"大妈,您这辈子去过哪些地方?"老妇摇摇头,她哪儿都不去,就呆在村里,一辈子足不出方圆十里。现在轮到他替她可惜了,外面世界多大、多精彩,不出去看看太可惜了。但老妇不可惜,她说她的大儿子和小儿子就在县城,老头子去了就后悔,出门朝东朝西都分不清,那种地方要天没天,要地没地,夜就更不像个夜了;外面千好万好,哪有家里好?家里有天有地有山有水有田有菜有鸡有鸭……还有老头子,日子就过得踏实。"话不能这么说。"他反驳道,并列举了自己去过的世界各地,老妇听到"罗马"二字,说她听说过这个地方,便问那里的天气怎么样?土地怎么样?他们都种些啥庄稼?他竟一问三不知。"哪你去那儿做啥?""随便走走看看。""有啥用呢?""没啥用。""那没啥意思。老头子在时对儿子们说过,你们要是不晓得去做啥,那去再多的地方也是空的。"

他被老妇说得不好意思,搔搔头皮道:"大妈,您就没有一个想去的地方?"老妇想了想道:"有啊。""哪儿?"他忙问。"天堂。老头子在那儿等我呢。"老妇又问他:"那你呢?"他苦笑道:"我啊,现在只想回家去。"他告别了老妇,朝县城走去;路上他不断地问自己:这三四十年来,我去过世界各地,是为了去过那些地方而去那些地方吗?那我的人生呢?

第二辑·爱情百度

爱人树

她是一棵树，他出生时，她已经在他家的庭院里生活了一百年，也等待了一百年。当然，对于一棵树而言，一百年她才刚刚长成少女——树中的少女，从此进入清纯亮丽的青春期。那个秋高气爽的午后，阳光炫得令人心碎，她终于见到了他——这个让她祈求了一百年、又等待了一百年的男人。她无法不颤抖，激动和紧张令浑身的树叶在秋阳里像小风车一样滴溜溜地转。她目不转睛地凝视着他。他还小，搀着一位美丽少妇的手，脚步蹒跚地向她走来。

突然，他挣脱少妇的手，踉跄地朝她扑去，那架势显然是还不会走路就想跑了；她幸福得也惊吓得要尖叫起来，简直不知道如何是好？当他肉嘟嘟的小手触摸到她的身躯时，她的心停止了跳动——不，她整个地停止了，死了。人们常说的"幸福死了"，大概就是这个感觉吧。他还太小，还无法扶着她站稳脚跟；当他摇晃着向后倒去时，她从地下抬起一条树根，稳稳地托住了他。所幸的是，这一切不曾被少妇发现，她见小男孩骑马（树根）玩，直夸他聪明呢。

小男孩常常在树下玩，他骑树根，就像骑着战马一样驰骋疆场；他挖树皮缝儿，看有没有蚂蚁；他粘知了，却讨厌它们的歌声；他爬树，只为显示自己的能干；他撕树叶儿，这张撕成燕子，那张撕成蝴蝶，但撕了就扔……她知道，他常常在树下玩，并不是喜欢她，而是这儿好玩、有趣，可以打发寂寞的孩提时光；但她依旧要感谢上苍，让她有机会共度他的童年，青梅竹马，两小无猜。

一晃十多年过去，少年的他情窦初开，有了心事，她看到他徘徊在庭院里，听到他在黄昏里的叹息，比他自己还难过。有一个夜晚，他步着月色，来到她的跟前，借着月光，用那把比月光还要犀利的尖刀，在她的身上刻下"黄小玫，我爱你！"那刀子，刻在身上，痛在心里，一刀有一刀的疼痛，一刀有一刀的流血，因为黄小玫不是她；如果是她，别说是刀刻，就是死了，她也心甘情愿。但她是一棵树，她默默地忍受，没有叫喊，没有哭泣，只有血在流。又有一个夜晚，他抱紧了她失声痛哭，拼命地拍打着她，好像一切都是她的错，因为那个女孩拒绝了他；她拥抱着伤心欲绝的他，树上的叶子忍不住落下来了。她知道那个叫黄小玫的女孩，华而不实，爱揪他的头发，不值得他那么去爱。但她什么也不能说，只有感谢上苍，让她拥有他的秘密，并守口如瓶。

后来，他遇见了他现在的妻子，那是一个聪明贤惠、心地善良的姑娘，容貌更迷人，大大的眼睛会唱歌；但他犹豫了，胆怯了，是她在一次树下的约会中，将这个姑娘猛地推入他的怀抱，直到姑娘温软如玉。不是她有多伟大，而是不忍心让自己心爱的人苦苦受折磨。其实，她也会嫉妒，她也会伤心难过，知道春天哪来的露水吗？那是因为每一片树叶都是她的眼睛，每一片树叶落下来的都是她的眼泪。他们倒是有情人终成眷属，她却惨遭灭顶之祸，被砍伐被去枝剥皮被修正，最后成了他独立户门的栋梁，被贴上护家符，替他撑起一片屋檐，守护着一个完整的家。这是他的家，也是她的家。大喜之日，她在高处默默地瞧着他洞房花烛，无怨无悔，含泪欢笑。她庆幸，从今往后，她对他的苦与乐了如指掌，她对他的爱和恨洞若观火，他们终于成了一家人，同命运，共患难。尽管他不知道她是谁？但已足够。

有一支歌说，与自己的爱人相守着慢慢老去，是最浪漫的事情。这是错误的。不是浪漫，是心安。与自己的爱人相守着慢慢老去，是最令人心安的事情。至少在她看来是如此，心安得叫人不知天老地荒。终于，他有了儿女。终于，他的儿女也有了儿女。终于，他老了。终于，她也到了约定的时日，可以去赴第三个百年的承诺，在未来的百年里，她将和他结为夫妻，被他百般的宠爱，享受不尽人世间的幸福。一场台风如期而来，所有的人都转移了，唯有他的老妻不肯走，死也要死在家里；按照约定，老屋将坍塌，她将碎成数段。是夜台风大作，暴风骤雨，但她硬是撑了过去；她不能于他老妻的性命不顾，抽身而去。

又过了十年，他的老妻也已过世了，这间老屋经过翻修，做了他长孙的新家。她依旧是这个新家的栋梁。当她第二次要如约离去时，他的长孙媳妇早产了。这天午后突如其来的龙卷风，以及骇人听闻的冰雹过后，村子里倒了十七八家房屋，而这间老屋却安然无恙，长孙媳妇产下了七斤八两重的男孩，母子平安。那是他的血脉，她不能沾着这血去见他。她的再次爽约终于触犯了天条，她遭天谴，遭雷轰，遭天火焚烧；老屋坍塌，她被碎成八段，在烈火中焚烧，最后化为灰烬。但即使化为灰烬，她也要留下一棵树的木炭，给他的子孙生火，取暖，度过这个失去家园的寒冬。

而她，永远错过了那个祈求了一百年、等待了一百年、付出了一百年才能拥有的百年姻缘。

永远错过了被爱的人生。

错过，有时候也是爱过。

错过，比爱过刻骨铭心。

错过，抵得上百倍的爱过。

而这一切，他都不知道；他只知道，她是一棵树，一棵树而已。

过马路当心

"过马路当心！"

新婚后第一天上班，男人出门时，女人深情地叮咛道。

男人已走出家门，匆匆的。听到女人的喊声，他站住了。第一次有人这么叮咛他，这么在意他的安危，男人除了惊喜，心里比灌了蜜还甜。他回头朝家里望去，一眼就望到笑吟吟的女人，便报以微笑道："知道了。"女人摆摆手，他也摆摆手，走了。

第二天清晨，男人出门时，女人依旧叮咛道："过马路当心！"

"知道了。"男人答应道。

第三天也是如此。

第四天也是如此。

以后的日子里，天天如此。

"过马路当心！"

"知道了。"

这句简单的对话，成了男人出门时的告别仪式。

男人和女人有了孩子。

孩子上学了。

每天早晨,女人就要喊两遍"过马路当心!"

"知道了。"男人答应得很爽脆。

但孩子却不吭声。

女人若是追问她:"听见了没有?"孩子就会反问她:"你烦不烦啊?"孩子的成长是一个叛逆的过程,小学、初中、高中,她都不肯好好地答应一句"知道了"。直到去别的城市上大学,真正离开家出远门了,三五个月才能回家一趟,才知道女人对她说"过马路当心"时,要清脆地答应一句"知道了。"

但这样的机会越来越少了,大学毕业不到两年,她就嫁人了。

从此,孩子在另外一个地方,成为另外一个女人,开始像女人那样,每天对另外一个男人说"过马路当心"而不是说"知道了"。开始懂得那个叫母亲的女人,当初对她喊"过马路当心"的用心、情感和意义,但她已经不能回到从前了。

于是,家里又只剩下男人和女人。

男人出门时,女人就会平静地喊一句:"过马路当心!"她喊得平静,男人答得也平静:"知道了。"音调都是平的,不再带有任何感情,例行公事似的,因为大家都习惯了这么一种告别的仪式。有时候男人出门去,听不到女人的这句话,就会等在门口,或者会进去望望女人,直到女人说"过马路当心",男人像是得到了出门的指令,答应一句"知道了"才心安理得地走了。

有一天,女人喊过"过马路当心"后,没有听到男人的回应,她到门口望了望,男人已经走了。不知是她没有听见,还是男人忘了答应,忘了这份责任;女人的惶恐是有道理的,因为那天过后,女人再也不用说那句话了。

那天，男人过马路时，竟然没有当心。

男人走后，很多事情就得女人自己出门了。尽管家里就她一个人，但她出门时，也会有人对她说"过马路当心！"那是她养的一只流浪猫。每当她出门时，流浪猫都会对女人喊："妙！"女人听到猫的叮咛："过马路当心！"她就蹲下身去，捋捋猫头上的毛说道："知道了。"

每次女人出门，猫就站在门口："妙！"

"知道了。"女人答应道，一如当初男人答应她那样。

这样过了很多年，有一天女人出去，不知是她没有听见猫的叮咛，还是她忘了答应；女人走了，猫依旧站在门口，但它永远也等不到女人的答应了。

女人走后，家里就剩下猫了。

不久，猫也失去了这个家，重又成了一只流浪猫。它常常在四处的马路边转悠，时不时地对人"妙"上一句，但没有人知道它在说："过马路当心！"

一百年以后

　　河南河北，男孩女孩；男孩撑船，女孩浣纱，朝阳里晚霞里，两人常常相遇水边，男孩不知不觉地爱上了女孩，女孩也不知不觉地爱上了男孩。女孩天天盼着男孩撑船而来，来告诉她，他的爱；而男孩呢，天天望着水边美丽的女孩，不知道该如何开口。

　　这天，男孩遇见了上帝。男孩问了三个问题：女孩爱不爱他？他该如何表白？他能够娶她为妻吗？上帝说，我当然能够回答你的问题，但我一旦告诉了你，天机也就泄露了，也就不成为天机了；换句话说，你的命运从此又被改变了，重新开始新命运。现在，你还想问吗？男孩想了想，他还是想问上帝，还是想知道女孩的爱，于是，上帝告诉男孩：女孩是爱他的；他只要向女孩伸出手说，妹妹，上船来吧，她就会跟随他浪迹天涯；他能够娶她为妻。上帝说完，一声叹息，离开男孩时喃喃自语道：但这一切现在已经不可能了。

　　听了上帝的话，男孩欣喜若狂，他撑着船直奔女孩而来，他照上帝的话做了，女孩果真上了他的船。从此，每天午夜，男孩偷偷地将船从河南撑到河北，接了女孩，然后撑到绝对秘密的芦苇荡中幽会，享尽爱情的美味。幸福的日子总是太短暂，八月的一场台风，带来了狂风暴雨，大河出现了洪峰。这天夜里，风是小了，雨也停了，但河中的水却泛滥了；胆大的男孩，仗着自己水性好，撑船的技术也不赖，便冒险来会女孩，谁知道船到河心出了事，一个巨浪将他的船掀翻了，那条船就像手掌拍蚂蚁那样盖在了男孩身上，奋力地往下游冲去。第三天，乡亲们在百里外的下游找到了男孩的尸体，和他的船。

一百年以后，河南河北，男孩还是男孩，女孩还是女孩，男孩女孩相爱了。男孩是个书生，和女孩说话时，总是一副哀怨的神情，这让女孩很担心，担心他们的爱情会有始无终。其实她不知道，因为前世的缘故，男孩有些怨、有些哀伤。有一次他们站在桥上看月亮，女孩问："月亮好看吗？"男孩说："好看。"女孩又问："那我好看吗？"男孩说："好看。"女孩再问："那我和月亮，哪个好看？"男孩说："一样好看。"说完，他轻轻地叹息了一声。他总是叹息，说到这个叹息了一声，说到那个叹息了一声。他哪来这么多的叹息呢？

这天，女孩遇到了上帝，女孩想问他三个问题：他爱我吗？他为什么老是叹息？我们能够成为夫妻吗？上帝迟疑了很久，把道理都说给她听了，如果他回答了她，那么她和男孩的命运就不再是现在这个命运了。但女孩还是想知道男孩的心思、他们本该有的未来。上帝说，是的，男孩爱你，因为前世的冤孽，男孩爱你又不想伤害你，所以他见了你就不停地叹息，甚至想离开你；但最后你们会成为夫妻的。女孩终于明白了男孩的心思，她更加爱他了。

一个夏日的傍晚，男孩走在河边时，突然被水中的什么东西吓了一跳，落了水；男孩天生怕水，更不会游泳；而从小生活在水边的女孩倒有着好水性，她一个猛子扎下去，就抓住了男孩，并将他推上了岸。与此同时，她被一股力量反推到了深水处，河底长满了手臂的水草，它们都是前世怨恨的双臂，纷纷用力地抱住了女孩，将心爱的女人紧紧地抱在怀里。女孩静静地睡着了。

又是一百年以后，河南河北，男孩女孩，他们相爱了。这已经是男孩女孩的三世了。当上帝从他们面前走过时，他们压根儿就没有理会这个满头白发的老头儿；既然命运掌握在自己的手中，既然未来是不可预知的，我们为什么不现在就结婚呢？于是，男孩女孩结为夫妻，过着幸福而又未知的生活。

锁在红旗下的自行车

二十年前,在一次现场摸奖中,文革生帮师傅摸到一个大奖,一辆永久牌自行车。师傅已经有一辆永久牌自行车,他骑了十多年,依旧跟新的一样。师傅只收三百块,就把车让给了他。文革生搜搜刮刮只凑了两百块,还有一百块每月从他工资里抽出十块来还债。第二天下班,文革生骑着新车从厂门口冲出来,骑得要死的快;女同事毛银左避右让,还是在一片啊哟声中被压在车人底下。文革生的头刚巧压在毛银很有内容的胸脯上。

毛银并没有伤到什么,但她特气愤,文革生要钱没钱、要貌没貌、要文化没啥文化,凭什么撞她?还要流氓?她就赖在地上不肯起来。但她听说这是文革生刚买的新车,心却松动了;她说:"我走不了了。"文革生就顺着她的台阶下道:"我送你回去。"到了她家门口,毛银拐了几步道:"那我明天上班怎么办?"文革生忙道:"我明天来接你。"

从此,文革生天天上下班接送毛银;一年后,两人顺利地走进了婚姻的殿堂。

婚后第三天，文革生用疲软的双腿踏着自行车，驮着毛银来厂里上班。

这天下班，文革生从停车棚这头找到那头找了好几个来回，顿时吓出一身冷汗："天哪！我的自行车被人偷了！"他像一条疯狗围着厂子转圈，前前后后、旮旮旯旯都找遍了，连气味熏天的厕所与围墙树之间的夹缝都钻进去找过了，就是没有车的影子。

所幸的是，那会儿买自行车有保险；文革生没再花钱，重新买了辆自行车，飞鸽牌的。

一年后，老妈从医院打电话来，文革生骑上"飞鸽"一路飞过去。毛银给他生了儿子，他终于当爹了。文革生飞到毛银身边，抱着初生的婴儿飞去防疫中心种疫苗，他飞到这儿飞到那儿，尤其是他的心，简直快乐得飞到九天云外。文革生在妇产科病房一直呆到半夜，才依依不舍地离开妻儿和老妈，到了医院门口，看到停车的地方空荡荡的。

他也不知道为什么，突然疯狂地大笑。这午夜突发性的狂笑声，惊动了医院传达室的年轻保安，以狗拿耗子的劲儿冲到文革生跟前，质问他干什么？文革生不管他，继续大笑，直到医院前面的民居楼里啪啪地亮了好几个窗口，才戛然而止。他说我的自行车又被人偷了。

不幸的是，那会儿买自行车已经没有保险了，文革生只得花钱，重买了辆飞花牌自行车。

毛银对他穷骂，家里穷得叮当响，他还老丢车，烧钱呀。其他同事的坐骑越来越高级，别说永久牌自行车，就连三千多的助动车也有同事骑上了；她当初真是猪头瞎眼，嫁了这么个没出息的男人，倒了八辈子霉。毛银不坐他的自行车上下班，她买了张月票，乘公交车。文革生成天诚惶诚恐,唯恐连这辆让毛银丢脸的飞花牌自行车也被人偷了。

终于有一天,他的自行车还是被偷了。文革生笑了,该发生的终于发生了;他松了口气,心里踏实了许多,好像这辆车早就该丢了。毛银也终于发作了,经常莫名其妙地玩失踪。原来,有个老同事三年前就离厂当了老板,据说生意做得很大,现在都开上桑塔纳了。毛银就是乘桑塔纳去了。她丢下两岁多的儿子,跟文革生离了婚。

文革生又去买了辆自行车,杂牌的,比飞花牌都不知差多少的杂牌,反正骑不了多久还会被人偷走的,买那么好的自行车作啥呢?为"三只手"行业作贡献呀?他才没这个闲钱呢。

文革生当师傅了。徒弟叫金银花,农民合同工,江山人,人长得文绉绉的,说话和做事也文绉绉的,虽然高中毕业,但一手好字漂亮得都可以贴到墙上当画看。她见师傅又当爹又当妈,太苦了,有空就去师傅家帮着带孩子。金银花跟孩子特亲。有天夜里,老天像是掐准了时间,忽然下起了大雨;文革生准备了雨具,要送她回去,但孩子哭着不让她走,金银花突然涨红了脸,自个儿说她不回去了。文革生的心被猛地一拎,幸福得颤抖起来。

文革生重新买了辆好车,永久牌他是不会再买了,他买了辆凤凰牌自行车,也是上海产的,26寸,和永久牌一样的漂亮扎眼。凤凰牌好啊,凤凰涅槃浴火重生,就像他的感情,他要把这份新感情死死地锁住。他早就下定了决心,不会让这辆凤凰牌自行车丢失了。就像师傅的永久牌自行车,骑了二十年都不丢,而且跟新的一样;师娘说自行车就像女人,你得用心去守护。文革生似懂非懂,但他要做师傅第二。

这天是"十一"国庆节，红太阳广场上红旗飘扬，文革生听到红旗在都市的风中猎猎作响的声音，他抬头望着那迎风飘展的旗帜，他的目光久久地停留在那儿，然后慢慢地顺着旗杆往下走。这是一杆高1949厘米的不锈钢柱子，有着解放的高度。他突然有了主张，兴奋地将自行车推到五星红旗下，用十根铁链子和十把不同款式的锁，将他的凤凰牌自行车牢牢地锁在旗杆上。

做完这件事，文革生得意地手作喇叭，朝广场四周大吼："小偷，这下你傻了吧！"

但是谁知道呢？这辆凤凰牌自行车真的能用十把锁锁住吗？

茶　缘

建德境内，群山环抱，山势磅礴，逶迤雄伟，云雾缭绕，山中多古老茶树；后世名扬天下的建德苞茶、天赐龙井茶和子胥眉茶，皆出自建德山中。早在唐代，罗村下枫坞已茶山茂盛，品质超群；村中有一老茶农，姓严，膝下惟有一孙女，名怡可，爷孙俩相依为命，种茶为业，过着清贫的生活。

怡可貌若天仙，清纯可爱，芳龄二八，提亲的人儿踏烂门槛，却无人能拨动佳人的心弦。老人也瞧出孙女的异样来，这孩子常常盯着茶山发呆。"心上有人了？"被爷爷说中心事，怡可顿时双颊绯红，双手捂住滚烫的脸颊，躲入闺房。

原来，有天中午，怡可上山给爷爷送茶饭，行至峰间，忽闻朗朗读书声，好奇地到泉边的茅庐一探。只见一位眉清目秀的少年，一身素白，手执书卷，席地而诵，令茅庐蓬荜生辉，惊得她三魂六魄都移了位，疑是天人。那少年也吃惊不小，慌忙起身作揖。

第二天，怡可早早地上山，少年果然还在。他席地而坐，执卷沉思，小泥炉上的水煮沸了也毫无察觉，"水潽出来了！"怡可提醒道，惊得少年起身、低头、落眉。"怎么啦？""我……"少年居然脸红了。怡可嫣然一笑，将手绢包的明前头茶递给他，"这是我炒的新茶，你尝尝。"

几天后，怡可刚到泉边，少年相迎作揖道，"姑娘安好，可否再赐些仙茶给小生？""为什么？"怡可见他反常，主动向她讨茶，便好奇地问。少年微笑道，"姑娘所赐茶叶极妙，色绿、香郁、味甘、形美，饮后满口生津，回味甘醇，神清气爽，书都能多读几章呢。""你太夸张了吧？"少年却认真道，"绝无半句谎言。小生素来爱茶如命，所饮不少，这是最佳的。"夸得怡可羞在脸上甜在心里，竟有些扭捏地掏出茶叶来。

其实，她就是给少年送茶叶来的。

一来二往，怡可方知少年姓龙，名天赐，邻村人；图此地清静、泉水甘甜，便于泉边结庐苦读。三来四往，怡可就天天往泉边跑，给天赐生小泥炉，煮水沏茶。天赐读书，她托腮聆听。天赐上知天文，下知地理，畅游四海，满腹奇闻轶事，听得她一愣一愣的。怡可把这叫做"讲故事"。天赐讲到东海胜景，她被大海的故事所吸引，想去看大海。天赐笑道，"这还不容易？近得很。""你骗人！"天赐自知失言，忙矫正道，"坐船从新安江顺流而下，就到东海了。"五来六往，怡可常常忘了回家，有一天天暗了，她还缠着天赐讲故事，结果把老茶农吓坏了，以为孙女迷失在山中。

老茶农找到孙女时，也找到了他心中的疑惑。第二天他瞒着孙女来草庐提亲，天赐言自己有不得已的苦衷，不能与她结合。老人大怒。天赐长跪不起。"你走吧，再也不要回来了。"忽然天空乌云密布，昼黑如夜，雷声大作，山风吹得天动地摇，吓得老人不敢睁眼。等雨霁，老人回过神来，正纳闷冬天咋打起雷来了？却早已不见了少年。

人去庐空，怡可一天跑三趟，方知那天爷爷回家为何脸色惨白，长叹短吁；她哭着向爷爷讨还天赐，"你把天赐哥还给我！你把天赐哥还给我！"老人老泪纵横，"傻孩子啊，忘了他吧，他和咱们不是一种人，你们不会有结果的。""我不管！我不要结果，只要天天能看到天赐哥。"老人摇头长叹道，"这作的是什么孽啊！他走了，不会再回来了。"

怡可是个单纯而又勇敢的女孩，她找遍了四周的邻村，竟没有姓龙的人家，更没有叫天赐的少年。失落归来的她，忽然染疾不起，病情一天重似一天，到了第二年的春天，骨瘦如柴的她竟露出下世的迹象来。怡可求爷爷背她去草庐，想去那儿看看，谁知到山上她已咽气。

老人失声痛哭。哭声惊动了泉中一白泥鳅，它问老人所哭何事？老人伤心过度，竟不觉怪异，便实情想告。它说它可以救姑娘一命，但她还魂后就不是人了。"不是人？""是龙。""管她是人是龙，求你救救她吧。""好，"白泥鳅口吐一枚黄豆大小的七彩龙珠，请老人用泉水给姑娘服下。

怡可醒来，已在天赐怀里，一双美丽的大眼睛顿时被泪打湿了。"我以为再也见不到你了。""不，我们不再分开了。""真的？你骗人。""真的，我这就带你去东海。"说话间天昏地暗，飞沙走石，雷雨倾盆，怡可化作青龙，天赐化作白龙，双龙腾云而升，遨游天际；忽然间又缩身如鳅，潜入泉中，向老人三磕九拜而去。

原来，此泉直通东海。

东海龙王的小儿子竟是他的孙女婿。天大的秘密啊！老人离村住进草庐，守着心中秘密，守着山泉。每年春天，双龙回乡探望老人，建德境内因此年年风调雨顺，当然他们也不忘带新茶回家。每逢风轻月明之夜，老人在泉边久久徘徊，此时可见泉底隐隐约约的灯火，可听泉心轻轻朗朗的读书声。

后世宋景佑年间，著名诗人梅尧臣任建德县令，此公也酷爱饮茶，有一天来到罗村下枫坞茶山，突见山峰处一泉眼，遂乘兴而上，在泉边的草庐遇到一仙风道骨的老茶农，老人以自制的茶叶，用泉水泡之，请梅公品尝。梅公乃茶道之人，品此茶，叹为极品中的极品，探问天赐龙井茶的奥秘，老人笑而不答。

代哥去相亲

那年深秋,哥参军去了边疆。

转眼间,大雪纷飞,已是年底;黄二婆来串门,问哥有对象没?娘摇摇头。黄二婆就扳起手指算了笔账:哥现在二十一岁,参军三年,回来二十四,就成大龄青年了;这农村比不得城市,到那时再张罗对象,只怕你相中了人家,人家未必相中你,倒是耽误了哥的终身大事。说得娘就像热锅上的蚂蚁,不知如何安生?黄二婆说办法倒有一个,现在订下一门亲,等哥复员回家便可完婚,那就不耽误事了。黄二婆又说,邻村倒有一位好姑娘,去相相看?娘又急了,说人都去边疆了,家里又没一张相片,怎么个相法?黄二婆说,这个倒不难,他们哥弟俩长得差不多,叫弟去代相一下就成了。娘便和黄二婆定了日子,后天去相亲。

当天晚上,娘把这事跟弟说了,弟死活不去。弟今年十八,是个高中生,在农村是个有知有识的新青年,刚当生产队会计,少年得志,倒反劝起娘来:现在都什么年代了,不作兴过去那一套了,作兴自由恋爱了,你就省省吧。但为了两个儿子,这二十年来娘什么时候省过心了？说到伤心处，眼泪抹了几大把，可弟依旧铁石心肠，不去。第二天，娘跑去找黄二婆，想把相亲的日子往后挪一挪；黄二婆说挪一挪是不打紧的，只怕下手迟了，姑娘早成人家的了。娘只有去求爸。爸可以三年不说一句话，但每说一句话都一言九鼎；既然爸发话了，弟不敢不答应。

去相亲的那个早晨，弟不让娘同去，怕被人瞧见了说笑话，他打定主意，看一眼就走，不耽误队里出工。他早就想好了，不管对方姑娘怎么样，他都会让娘死了这份心。再说哥刚到部队，说不定将来入了党、提了干、留部队了，这么早订亲干什么呢？哥的幸福理应由哥自己来决定，别人添什么乱呢？弟到了村外，才与黄二婆接上头，就跟搞地下工作似的，匆匆赶去邻村。

弟到下午三四点钟才回家，娘见他神志恍惚，问喝酒了？弟摇摇头，说只喝了两杯茶。怪事，茶也会醉啊，娘忙问姑娘怎么样，弟像是鼓足了勇气，嘴里才蹦出一个"好"字。娘又问怎么个好法，一连报了相貌啊身材啊人勤不勤快啊十七八个问题。弟突然很生气地说道："好，都好！大眼睛、弯眉毛、小嘴巴、个子也不矮……"喜得娘都顾不上弟的情绪，去托黄二婆要姑娘家的"八字"了。娘偷偷地找了张瞎子，把哥和姑娘的"八字"排了排，张瞎子朝天翻翻恐怖的双眼，说是绝配。于是，这个年过得比任何一个年都忙，三转四回的，哥的这门亲总算订下了。

弟一连给哥写了好几封信，告诉哥那姑娘家的情况。姑娘的父亲几年前就过世了，因为母亲体弱多病，临死前，便拉住姑娘的手，将最小的独子托付给了她；从那以后，姑娘就成了家里的顶梁柱，照看弟妹们比母亲都上心，是村里出了名的好姑娘，既贤惠又能干。不久，哥来信了。他说给姑娘去了信，姑娘也回了信，说是家里硬要她订亲的,他也未必会喜欢她,所以……他叫弟去打听打听看,姑娘是不是有心上人了,千万别耽误了人家的幸福。弟告诉哥,姑娘绝对没有心上人,她为了家里从未考虑过自己的幸福。或许是彼此没见过面,又缺乏感情基础,姑娘才这么说的,他叫哥多与姑娘交流交流。于是乎,鸿燕飞度,青鸟殷勤,哥与姑娘书信一来二往的,倒也热络了起来,不过姑娘还是那句话:等哥复员回家了,见了面,他再决定要不要娶她。哥呢,总是在信中叮咛弟,姑娘家没了父亲,弟弟尚小,希望他多照看一些。弟就特别上心,除了逢年过节代哥走动之外,平常时候,他也不忘往邻村走动走动,需要他出力的事从不吝啬力气。

一晃两年多过去了,家里都开始准备哥的婚事了,哥突然来了信,要家里退掉这门亲事,而且态度十分坚决。姑娘傻了,哭了一宿,说这样也好,本来她就配不上他,他想退就退吧。弟忍不住说了实情,哥在一次实弹演习中,为了抢救战友,一条腿废了,成残疾人了;他是不想耽误姑娘的幸福,为了她好才提出退婚的。姑娘破涕而笑,说这婚不能退,她非哥不嫁。不久,哥复员回家了,终究敌不过姑娘的坚贞,热热闹闹地把姑娘娶进了门。娘和爸见到儿媳妇时,都愣住了,只见姑娘又黑又瘦,眼睛不大,眉毛也短,左脸上还有块明显的胎痣;回头就审问弟,当初你代哥去相亲,不是说姑娘大眼睛、弯眉毛、小嘴巴、个子也不矮……样样都好吗?弟只得从实招来,那天去相亲,他并没有见到嫂子,是她妹妹接待的。她妹妹问他哥长得怎么样?他说你看看我就知道了。他又问她姐长得怎么样?她也说你看看我就知道了。他见她妹妹这么漂亮,哪里想得到会这样,后来知道了真相,也想告诉你们把婚退了,可她妹说,萝卜青菜各有所爱,难保哥就不喜欢;如果他敢这么做,以后永远也别想见到她了。

第二年弟结婚时,哥喝了三碗酒,猛地给了弟一拳道:"好你个臭小子,倒会假公济私啊!见你嫂子家有个如花似玉的妹子,就借我的名头一趟趟地跑……"惹得大家哈哈大笑。

情侣手机

去年元旦，是我和我们家黄脸婆结婚十周年纪念日。我们家黄脸婆脸色一点都不黄，她说在广大男群众腰包日益鼓囊、道德底线日益下调的今天，多少丈夫"家中红旗不倒，家外彩旗飘飘"，唯独我们家癞痢头对我忠贞如一，所以这个纪念日值得庆贺。为了庆贺，我不得不跟着她在大街上锻炼脚筋骨，锻炼到武林广场附近，碰到有爿店在手机热卖，我一个热昏，就给我和我们家黄脸婆买了对情侣手机。所谓情侣手机，即两只同一型号同一式样的手机罢了。你要说有啥个意思倒也没有，不过喜得我们家黄脸婆癫发癫发的，癫了老半年。记得起初无人问津，我们家黄脸婆一天要打两三个电话给我，烧包吧；害得我一听到她的声音，赶快离开同事小丽的办公桌边。后来她大概也想通了，干吗跟钱过不去呢？

这两只孪生似的手机，还真闹不清谁是谁来；而我一直瞒着我们家黄脸婆跟哥们在折腾这折腾那，折腾了多少年也没折腾到过钱，所以得瞒她；就为这个，我总是把自己的那只手机藏得很深，决不让她触摸。话说有天我一听手机里的声音好嗲："嗨，这么多天没见你了,让我好想好想呵……"心里一个酥软,脑海中呼地冒出一位浓妆艳抹的小姐来,可把我激动的,但那边却被我的破锣般声吓住了,"愣"了半响才挂。我这才闹明白,我和我们家黄脸婆的手机调错了。那天我回家里,我们家黄脸婆早像蜡菩萨般地竖在客厅里,那小脸不知有多白。她惨然一笑,我就浑身起鸡皮疙瘩。要在往常,就得用我高贵的膝盖为她去亲吻冰冷的地砖了。她说癫痫头,看不出吗?说着忽然把嗓音捏得尖尖的:"皮,下午一点,我在港湾宾馆526房间等你,速。靓。"我啊呀一声,今天说好和阿靓签约的,说好过时不候,我怎么这么糊涂呢!那可是我和哥们折腾了三个多月才折腾到的头一笔生意。我们家黄脸婆见我老鹰抓小鸡般抓过茶几上赫然摆着的手机,牙痛似地冷笑起来,说你用不着忙乎了,我已经替你回了个消息:"靓,不用等我了,永远。皮。"说罢她那张靠唇膏而鲜红如血的小嘴就闭得跟个保险柜似的,直直的目光瞅着我。

我简直气急败坏,高高举起我愤怒的拳头,恨不得扁了我们家黄脸婆。她却依旧冷笑着,"戳到痛处了吧。"我吼道:"你简直不可理喻。"她居然还笑得出来,说:"那你倒理喻理喻啊,瞒着我都干了点啥?属于吃喝嫖赌的哪一类?"我说:"你想到哪儿去了,我不就是和哥们折腾点啥,大家不都在向钱看吗?""那钱呢?"我们家黄脸婆倒是步步紧逼。我说:"不是刚有点眉目就让你给搅黄了,其实阿靓只是邵千金的雅号,是个男人,你……"我们黄脸婆正色道:"我又没有阻止你跟你的哥们去折腾,你为何要背着我呢?鬼鬼祟祟的,像做贼一样。"

就在这个时候,我的手机响了,是阿靓的电话。他说他已在港湾宾馆订了席子,要宴请我和我的哥们,而且特邀我们家黄脸婆。"是吗?"我不解地转过头去,瞧瞧她。阿靓说:"那当然了,没有她的那番话，我还真不敢把生意给你们呢。"原来，我们家黄脸婆已经和阿靓谈妥了。

现在，我和我们家黄脸婆的手机，回家就肩并肩地放在一起，真正像对情侣手机；有时候大家错拿了手机也无妨，来电转接一下就是了。

你一定要幸福

末班公交车开走了,望着它匆匆远去的背影,无论我怎么追怎么呼喊,都不以我的意志为转移地开走了。它就像一个赌注,在这个寒冷的夜晚,昭示着我前途的坎坷和命运的无奈。我无助地站在街角的暗处,由于酒精的缘故,脑袋沉沉的,但我还记得要给家里报个信,我说我可能要晚些时候回到家。妻子听了很不高兴,她用"就知道鬼混"这五个字来回应我。我颇有些伤感地走在回家的路上。

唉,这年头大家都活得不轻松,有谁不感到伤感呢?你看我,妻子前些日子也下岗了,那张原本就不再年轻的脸更是挂上了一层厚霜,使得家里整天就处于一级战备状态。我和女儿每日如履薄冰一样,诚惶诚恐,小心谨慎地看着她的脸色说话行事。女儿说:"爸爸,你赶紧托人给妈妈找份工作吧,不然我要崩溃了。"我找出通讯录来,细细地研究了三个漫长的夜晚,终于从记得厚厚一刀的簿子上,挑出了三个最有希望的老同学:一个同学的老婆是银行行长;一个同学过去从政,搞垮过几个企业之后,就辞职从商去了,据说如今畅游商海，盘子做大了；一个同学在报社工作，路子可能宽一些。第二天，我先打电话给行长的老公，我弯来弯去地绕了半天，老同学才恍然大悟，就非常不屑地对我说："你想给你老婆找工作你就直说吗？像你这样慢吞吞的，就是有工作也早给人家抢走了。"于是，我不得不先洗耳恭听他的一番人生教诲，如何如何如何……听听人家，再想想自己，我就感觉这几十年算是白活了。最后，老同学总结性地发言道，找工作就像找对象，你得找对路！我不知道他何出此言？正愣着，老同学又接着说道："你找过老宋了吗？"老宋就是我第二个想找的老同学。我说还没有。他说："那你先去找他吧。"妈的，老子做了大半天小学生，原来他并不想沾这个手呀！

宋老板爽快地应下了妻子的事。有过前面那个电话，我感激不已，连声谢谢，我说妻子为了这事那张驴脸整天拉得一丈三尺长，三天三夜也摸不到头，倒好像我下了岗似的。宋老板说："不至于吧，我记得嫂夫人不是挺漂亮的吗？"大功告成，我也不敢马上挂电话，因为宋老板谈兴正浓呢，我们又聊了会天，话题当然离不开那些老同学。宋老板感叹道："啊，老同学都有二十多年没有见面了吧？真应该聚一聚，对，应该聚一聚，就这个周末吧，这事我来安排，到时候你可不要不给面子呵？"我说："哪会呢，我谢都来不及呢。"

这天回到家里，我把好消息一说，家里顿时温暖了许多；妻子多炒了一盘花生米，我也能放大胆儿，咪上几口"地瓜烧"了。女儿在房间里哼着"崩溃啊崩溃"，但这次的"崩溃"她是轻松愉快的。妻子就像一个小学生缠着老师要答案一般，趴在饭桌上，一个劲地问我这个问我那个，比如：宋老板是我哪个学龄层的老同学？关系怎么样？他都有哪些工厂或商店？他有没有说她去做什么工作？月工资是多少？等等。我一概无言以对，要说在学生时代，那关系应该不错的，但现在都什么年代了，得有点与时俱进的精神才行。我对妻子说："你别急，后天周末，宋老板要叫我们几个老同学聚一聚，到时候在酒桌上，酒过三巡，借点酒力我也好说话，到时候你的一切问题，我统统搞掂，你说好不好？"妻子终于笑了，千年铁树开花似的。

从大华饭店穿过庆春路，向北走崇光路，崇光路上有些幽暗，偶尔有一辆出租车像幽灵一样走过我的身边，我几次想打的，但还是忍住了；从这儿打的回家，起码得花二十元钱，那可是家里两三天的菜钱呢。再说明天又不上班，我可以睡懒觉；今天迟点就迟点，反正夜头功夫，譬如减肥。我走到崇光路北口，手机响了，妻子问我在哪儿？我说我在路上，现在到崇光路北口了，估计再过两个小时就到家了。妻子说，你怎么这么气喘？我说我在走路呀。妻子说，喘得说话都听不清楚了，你没事吧？我说我很好，我没事。我没有跟她说找工作的事情，她也没有问。她好像预感到了什么似的，因为我今天赴同学之约，就是奔着她的工作去的。我也知道她打电话来，就是想知道这件事。但我该怎么跟她开口呢？我们谁也不求，大不了到路边摆夜市摊去！可我说不出口。我没有打的，也是希望到家的时间长一些，让我想一想怎么说才不至于爆发家庭战争？

周末，最最市中心，最最娱乐城，最最豪华饭店，我早早地等候在富丽堂皇的大华饭店门口，盘算着在这种地方吃饭，宋老板得花多少钱啊？他们姗姗来迟，然后包厢，好菜，好酒，好烟，好幸福。宋老板一共叫了九个老同学，除了我，其他八个都比较狠，行长老公，信托股股长，检察官，报社编辑，私营业主一，私营业主二，律师，政府官员。酒桌上的热闹是他们的，他们谈车，谈房，谈期货，谈女人……他们大笑，发布施政纲领，仿佛世界就掌控在他们的掌股之间。酒过三巡，宋老板已和政府官员、行长老公、私营业主一一达成某项协议，干杯！又和信托股股长洽谈了什么投资项目，干杯！又请教了检察官和律师什么问题，干杯！所有这一切都和我无关。我只顾低头吃菜喝酒，但很快我就感到饱了，再吃就胀了；我望着一辈子也见不到几回的人间美味发起呆来。我抱定主意，权当没我这个老同学最好，只要宋老板能让妻子去他那儿打工。但不知怎么的，他们的话题忽然转到我的身上来了，东道主宋老板对我道："你别光顾着吃吧，喜欢吃，等会儿我叫服务生给你打包回去，老同学二十年得以一见，谈天要紧。"

我愣住了，嗟来之食！刚夹到嘴里的那筷菜不知是咽下去好呢？还是吐出来好呢？然后就说到我妻子下岗的事，找工作的事，他们的发言可热烈了，有的说让从事金融业的老同学给我无息贷款，贷它个一千万去办厂经商，给人家打工有啥意思？要自己给自己打工，自己当老板嘛！不想当元帅的士兵不是好士兵。有的说求人不如求己，上个网，在淘宝网上搞点小东西买卖，钱不要太好赚呵，我有个朋友两年功夫就挣了一幢别墅呢。有的说人生苦短，我还巴不得下岗呢，在家种种花养养鱼溜溜狗，多好！知道幸福是什么吗？幸福就是一个人健康地活着……我也不知道我这是怎么啦，我突然站了起来，高高的，比他们坐着的每个人都高；他们突然像失语了一般，傻不愣登地瞪着我。我对宋老板说："不好意思，刚才我一直想告诉你，却一直没有机会；我老婆已经找到工作了，今天就去上夜班了，所以我得早点回去，因为就女儿一个人在家。"不等他们答话，我就离席走了。刚出包厢，我就听宋老板愤怒道："妈的，找到工作了也不说一声，毛病！"

在路上,妻子又来过两个电话。将近午夜十二点钟,当我走到半山路口时,我看到了那个孤独的身影,眼里不禁一酸;我生气道:"你怎么在这儿?夜里多不安全。"妻子挽住我的胳膊说:"我没事。但你不能有事,你要有个三长两短,我们家就完了。"我的心头又一酸。小区里不知谁家的音响还在午夜轻唱:

可我没有能够给你想要的回答
可是你一定要幸福啊
幸福啊……

歌声勾出了我的眼泪,我把妻子紧紧地抱在怀里。妻子说:"我和几个小姐妹约好了,明天我们扛了缝纫机,就到街上摆摊儿去。"我突然像个女人伏在妻子瘦小的肩上哭泣起来,妻子拍拍我的背说:"我还不知道你的贼脾气,骨头太硬……"

石榴心

有对双胞胎姐妹，姐叫郁香，妹叫欢欣，出生时只差了一分半钟，但性格却截然不同；上帝似乎要在这对双胞胎姐妹身上，向世人证明他老人家造人是多么认真负责，他造的每一个人都是独立完整的；姐多愁善感，漂亮的五官永远带着淡淡的忧伤，而且爱哭鼻子；妹则是个乐天派，碰到啥事情都觉得可乐，而且爱傻笑。但不管姐妹俩差异有多大，她们都很健康，姐妹情深。

在姐妹俩三周岁那天，母亲送给她们人生第一份礼物，每人一只石榴形状的玻璃容器，圆圆的，容器口呈波浪形，一只粉红色，一只玉白色，都非常漂亮。母亲让妹先挑，妹笑道："我都喜欢，还是让姐先挑吧。"姐忧伤的眼睛看看这，看看那，最后选中了粉红色的。"那白色的就归我啦！"妹高声地问母亲道，"这么大啊，可以藏好多好多东西呵？"母亲说："是啊，就看宝贝们要藏啥东西了，或许我们的一生都能收藏在里面呢。""哇！"妹瞪大了天真无邪的眼睛，瞧着自己的石榴瓶问，"这是真的吗？""那当然是真的。"母亲边说边瞧姐，她坐在自己的小床上，默默地盯着自己的石榴瓶，在发呆。母亲就问姐："宝贝，你打算往石榴瓶里放什么呢？"姐十分犯愁地摇摇头。母亲让她想了想，然后问："要不要妈给你一个建议？"姐点点头。母亲说："这样好了，每当你感到伤心难过时，你就把令你伤心难过的事和心情用纸折起来，折成一颗小星星，存放在这只粉红色的石榴瓶里，好不好？"姐说："好。"妹听母亲这么说，便吵着："我也要我也要。"但她说："我要存放我的开心快乐！"母亲笑了，摸摸姐妹俩的脑袋，夸奖道："乖孩子，妈妈爱你们。"

姐妹俩住在同一个屋子里，两张小床并排着，床前的窗口边有一张她们共用的壁几，上面静静地呆着两只石榴瓶，就像一对大大的眼睛，时时刻刻注视着姐妹俩的生活。每天清晨，妹醒来后第一眼看到石榴瓶就会说，今天又会有怎样的快乐呢？而姐则在心里默默祈祷，但愿今天不用折星星。记得第一颗星星她们是同时放进石榴瓶的。那是收到这份特别礼物的第二天，一个深秋的午后，姐妹俩在草坪上玩耍时，一只甲壳虫之类的昆虫突然停在姐的手背上，把姐吓坏了，她最怕这些会动的小东西了，她的尖叫声就像战场上的号角，妹冲上前来救姐，她猛地一拍，将该死的臭虫拍落在地上。姐害怕地哭了。妹安慰姐，她一脚将臭虫踢飞，并警告它道："你再欺侮姐，我一脚把你踢进太平洋。"姐终于雨过天晴了，妹笑了，她拉起姐就去找母亲，让母亲教她们折星星。母亲问姐："你为啥折星星？"姐说她刚才很害怕，她要把这份害怕折起来，放到石榴瓶里。母亲说好，然后又问妹："那你呢？"妹说她刚才把姐害怕的臭虫赶走了，她很开心，所以……母亲说："太好了，现在我教你们折星星吧。"于是，姐妹俩折了第一颗小星星，放进各自的石榴瓶里。

每个人的人生大体上都是相似的，但每个人的感受与活法各有各的不同，对郁香和欢欣姐妹俩来说也一样，她们相伴到高中毕业，上了不同的大学，之后她们走上社会，谈恋爱，结婚，成立了彼此的家庭，生子育女……郁香开始找了个穷小子，相恋三年，还是分了手，相信爱情却失去了婚姻，直到三十岁经人介绍，嫁了个台湾商人，七年后商人破产又离了婚，有了儿子又失去婚姻……欢欣呢，倒是嫁给了她的初恋情人，婚姻幸福美满，有一对儿女，但在一次车祸中失去爱人，她积郁成疾，不得不动手术，摘去乳房和子宫，照她的话说，成了一个不像女人的女人，但她最终又得到了爱情，嫁给了一个不能生育的男人……不过，姐妹俩与众不同的是，她们自始至终用一种简单的方式来看待人生：每当郁香伤心痛苦时，她就折一颗小星星放进粉红色石榴瓶里；每当欢欣开心快乐时，她就折一颗小星星放进玉白色的石榴瓶里。

在她们各自成家前，母亲会在她们生日的那一天，"请"出姐妹俩的石榴瓶，让她们数一数，在过去的一年里，又多了几颗小星星；这对于她们来说，在过去的一年里，姐又消除了多少痛苦，妹又得到了多少快乐。这道程序几乎成了她们庆祝生日的固定仪式。即使后来她们有了自己的家，自己也做了母亲，她们依旧会这么做。岁月匆匆，恍惚间她们都老了，不，称老的应该是母亲，她已经八十高龄了，姐妹俩为母亲举办了个隆重的寿宴，并照母亲的要求把石榴瓶也带来了。这时候姐妹俩也已经五十六岁，她们的石榴瓶里储藏了很多很多的小星星。当然，这个时候已无需姐妹俩亲自动手了，她们的儿孙们抢着数呢。结果，玉白色的石榴瓶里有一千九百八十六颗小星星，粉红色的石榴瓶里有八百一十八颗小星星。已经是太奶奶的老寿星笑微微地给大家出了个难题：谁知道这意味着什么？满堂儿孙们开动脑筋，七嘴八舌地抢答起来。有说快乐与痛苦是一对同胞姐妹；有说在我们漫长的一生中，快乐永远比痛苦多得多；有说这么多的痛苦、不幸和绝望，我们都能克服和战胜它，还有什么可畏惧的？有说快乐其实就在我们身边，如果你不快乐，那是因为你忽视了它的存在……母亲边听边笑道："对对对，你们说得都很对；但关键是要有一颗石榴样的心，即使碎成千万粒，却粒粒晶莹剔透。"

一坛雪水

她和他同村,从小青梅竹马;在她十八他二十那年,终于成了亲。

那年冬天,大雪三天,积雪过膝。她想着他好品茗,找来一小坛,开个门,把清清白白的雪装入坛中。他问她:"干吗?"她说:"多好的雪,给你泡茶喝呗。"他想了想,待她装满了雪,封了口,说:"留着以后用怎么样?"她说:"好啊,留多少年?"他说:"三十年。"她摇摇头。他说:"四十年。"她还是摇摇头。他说:"那就五十年吧。"她这才满意地笑了。

她和他把坛子小小心心地埋在床底下。她和他都幸福地笑了。

有一天,她问他,五十年是不是太长了?我怕等不到这一天。他忙捂住了她的嘴,让她别胡说。接着他们就憧憬起五十年后的情景,她和他都老了,儿孙满堂了,他们满头雪发,一脸皱纹,坐在屋檐下对饮。她忽然忧忧地说:"那时候我不知老成什么样了,你还会像现在这么喜欢我吗?"他说:"喜欢。"她又说:"我真不想老。"他笑了,他说:"人都会老的,不过你不会老,在我心里你永远像现在这么年轻漂亮。"她就点点他的脑门:"贫嘴。"

谁也没有想到，几年之后，他被迫去了海的那边。他说他会来接她和孩子的。她等啊等，等了很久很久，他却没有回来，而且一去几十年，杳无音信。

她靠一只小瓶，一根细如针线的铁丝，给人家的桔树捉虫，养活两个孩子和自己。她眼尖手巧，一看桔树枝，就知道虫在哪儿，用细铁丝往里轻轻一捅，虫就捉出来。有桔园的人家，都争着请她，但日子依然艰难。后来，她就认识了现在的丈夫，是个好心肠的男人，厚道；见她拖着两个孩子，熬了十多年不容易，凡他帮得上忙的地方，没有二话。

日子过得平淡，但还踏实。转眼间，又是二十多年过去了，她已是儿孙满堂了，孩子一个个成家立业，盖起了新楼，她替孩子高兴。但儿子请她去同住，她就是不肯，和丈夫守着那间旧屋。那会儿，桔园都用杀虫剂，她无虫可捉，便与丈夫侍候着一个小桔园，清清淡淡地安度晚年。只是每年冬天，尤其下雪的日子，她常依着门发呆。听说他那里很少下雪，不知他还在不在人世？不知他还记不记得雪？

几年前，他忽然来了信。她流了一宿的泪。他也儿孙满堂了，她替他高兴，忙叫儿子写信，告诉他家乡的变化，请他回来看看。他回信说一定一定。她就放心了，她也想再见他一面，了却那个心愿。

然后，他没有回来。

然后，他终于回来，躺在楠木雕的盒子里，被埋在他的祖坟地。她的心碎了。她又流了一宿的泪。

那天，她一宿未合眼。那天，是她和他金婚纪念日。天刚亮，她和丈夫就动手挖床底下的坛子。后来，丈夫陪着她来到了他的坟前，一壶好茶，三只小杯，她静静地坐在那儿，跟他倾诉这五十年来的风风雨雨、离情别绪……

向你坦白

啥？你说我身上有股陌生的气味？你这是什么意思？你到底想说什么？我身上怎么会有陌生的气味呢？我身上的气味你难道还不熟悉吗？今天晚上我去干什么了，你难道还不知道吗？昨天，噢，不是昨天，是前天我就告诉过你了，为了你弟弟的事情，今天我和天宇公司的老板唐大帅约好在"两岸"咖啡馆碰头的。他答应让你弟弟去试试看，这下你该满意了吧。你说什么？咖啡用得着喝这么久吗？是啊，人家是大老板，光喝咖啡怎么行呢？喝多了，晚上还要不要睡了，所以后来我们又去了"金海岸"。"金海岸"是什么地方？你连"金海岸"是什么地方都不知道？白活了吧你，那是一家娱乐总会，是安琪儿提出来，一定要去的；其实"金海岸"，还没有"大世界"好呢？你问安琪儿是谁？是哪个狐狸精？话别说得这么难听，她可是唐老板的情人，我们可得罪不起呵，除非你不想让你弟弟去上班了。你问我们都做些什么？还能做什么呢？也就一般性的应酬呗，喝茶、唱歌、自娱自乐。你说什么？叫小姐？你把你老公当作什么人了？你不怕得艾滋病我还怕得呢！本来是可以早点回来的，喝个茶唱个歌也折腾了那么久的；但你知道吗？这真叫眼眼叫碰到眼眼叫，在"金海岸"你知道我们碰到谁了？杨梅的弟弟杨柳和同事张明耀，他们带着两个女人，也不知是他们的女朋友还是小蜜，反正很亲密的样子，大家就在一起了。这下你总放心了吧，这么多人在一起，应该没有问题了吧，你不信？你不信可以打电话问啊。谁高兴来骗你啊！你要知道说一个谎话，就得用无数个谎话来掩盖，累不累啊！你弟弟的事情现在解决了，你应该高兴才对啊。怕花钱了吧？实话告诉你吧，我没怎么花钱；那是唐老板埋的单，他有那儿的贵宾卡，特优惠。当然，托人家办事，我总不能让人掏腰包吧，咱们不也得意思意思吗？所以我们后来去了火锅城，哪一家？当然是"黄金甲"呗。听说那儿的火锅，都是用罂粟壳打底的，特别鲜美。是莉莉叫肚子饿了，她这么一叫，我就只好请他们去吃火锅了。你说我叫得亲热？莉莉莉莉的，但人家就是叫莉莉嘛，难道我叫她"外外"不成？亲热？我也想有美眉跟我亲热亲热啊，但是人家肯吗？她可是杨柳的女朋友；你是知道的，杨柳去年离了婚，就一直期待着梅开二度，再说朋友妻不可欺，我能坏他的好事吗？所以我告诉你，你也别太抬举你老公了。你老公不是子建，不是潘安，也没那么多的花花肠子，你老疑神疑鬼干什么呢？这个世界可没有你想象中的那么浪漫，那么有情，什么婚外情、一夜情？大家都现实到骨子里去了，你老公现在可是属于"三无"产品，没钱没貌没才，怎么会有女人喜欢呢？什么？野鸡？你别说得这么难听好不好？这也太卑鄙、无耻、下流了，你老公是这样的人吗？难说？什么叫难说？那你说说，我什么时候找过野鸡了？我告诉你，第一我不会这么做，第二有些事做得说不得，你把这种事挂在嘴上，只能说明你的庸俗；我当年真是猪头瞎眼，怎么七挑八挑挑了你这么一个没有品位的女人呢？现在我累了，我要睡了。你说什么？现在几点？最多十二点的样子吧！什么？凌晨三点？有这么晚吗？我们就是几个人吃了点火锅，灌了几瓶啤酒而已。男人嘛，喝上了就忘了时间，下不为例。你说没有下例，没有下例就没有下例，现在我总可以睡了吧。你叫我签字？签什么字？离婚！我交代得够坦白了吧，你怎么还不相信我呢？什么？你也要向我坦白，你说你刚才找过唐大帅、杨柳和张明耀他们，你找过的人还不止这些？你把我通信录上的名单统统都打过一遍电话了，我没有和他们在一起，我今夜压根儿就没有找他们，我……我，我怎么相信你没有骗我呢？你有电话录音为准？啊，老婆我错了，我向你坦白……什么？完了！

照片外面的人是谁

不是我生性多疑,而是我老婆太漂亮;结婚已五年,她看上去还像个小姑娘;只要我不在她身边,总有陌生男人凑上来乐于为她服务。再说在我之前,她就和另一个男人订过婚;大家都说是我有魅力,但我一直战战兢兢,如临深渊,如履薄冰。这回我感觉事情大了。她从北京学习回来,居然闭口不谈北京的事;这就太反常了,绝对不像她往常爱絮絮叨叨的个性。除非……除非她隐瞒了什么。我偷偷翻过她旅行包,包里有一个很特别的手工缝制的手机挂件;但她没有送给我,那她会送给谁呢?

她在北京拍了很多照片。有天我偷偷地把相机里的照片复制到电脑上,我发现她都是一个人拍的照片,而且取景都很远。你想长城上那么多人,你就放心把相机交给一个过路的吗?还隔那么多游客?还有一张,在什么百货大楼门口,明明前张手上还有个相机套的,后一张就空着手做动作。这不合理呀,让人拍还让人拿相机套?而且听她说把相机拍到没电,最起码拍了两百张以上,但是相机里只有七十几张,应该是删掉了另一个人的,以及和另一个人的合影，这个数字才对嘛！最后，我把照片放到无限大，终于从她眼镜上的反光中，发现每次都是一个男人的影子；虽然那影子马赛克得很，但我确信是个男的。我的妈呀！这就太能说明问题了。我只觉得眼前一黑，倾倒在电脑桌上。

我失眠了几天，最后忍不住问给她拍照的人是谁？她说是她的室友。如果是室友，那反光的应该是个女的才对呀？我的妈呀，我的猜疑得到了证实。她果然向我隐瞒了什么。据说现在办公室恋情特多，不管是已婚的未婚的，表面上风平浪静，其实很多人心里都暗潮汹涌；再说像我老婆这样的美人，就……想想都叫人后怕。我通过她的同事，旁敲侧击，终于打听到她和一个姓王的主管关系密切，而且就在她去北京学习期间，姓王的还请过三天假。现在去北京太方便了，三天时间，啥事情不能做呀？我不能坐以待毙，恶补了几部成龙演的特工片，开始跟踪和盯梢那个姓王的，我发现他的手机挂件就是那个红色玩偶。这是情人信物？如果他们在北京一起过，还需要她带回来再送他吗？对了，他们这是障眼法，用一个小小挂件掩盖了在北京的事实。

为了答谢单位领导和同事给予她去北京学习的机会，老婆要宴请他们，我当然举四肢赞成，太应该了！但我说我有事去不了，老婆也落得轻松。其实我有屁事。我来个欲擒故纵，就像隐藏在黑暗里的眼睛，要把他们的"暗情"挖出来。我化了装，潜伏在街头，用望远镜捕捉他们的一举一动。我早一分钟到家，我知道是那个姓王的送她回家，她醉了，或者说更清醒了；她走到客厅，就挥舞着手臂对我大声嚷嚷："我有话跟你说。"

我知道，是时候了，她要摊牌了。

离婚！我想她会这么说。

"你什么意思？他们看到你在街上鬼鬼祟祟的，你怀疑什么？自打我从北京回来，你就没有一天正常过！"她借着酒力朝我大吼。

她倒好，猪八戒倒打一耙。我恨恨道："问你自己？"

"我怎么啦？你今天非给我说清楚不可。"

"说就说。我问你，照片外面的人是谁？"

"照片外面的人？什么照片外面的人？"她糊涂了。

我打开电脑，把照片放到无限大，让她看。她笑了。她说："我咋知道那人是谁？你去注意照片外面的人做什么？你要关心的是照片里面的人！"

"你还用得着我关心吗？"我狐狸般酸溜溜地说。

老婆叫屈道："好你个死山人，今天我就让你死个明白。"她急吼吼的，将一张张照片裁剪下眼镜上那一小块，然后再将这一小块放到无限大，于是那个隐藏在反光中的神秘人物现身了，尽管影像模糊，但可以肯定不是一个人，而是很多人，而且有胖瘦高矮男女老少，他们就是她拍照那天所遇到的陌生游客。"照你这么说，我岂不成了大众情人？"老婆拍拍显示屏道。

我讨好她道："对对对，你就是大众情人！"

老婆一把揪住我的耳朵，扯我去卫生间，将我的头塞进水槽里，然后水龙头大开，"小气鬼喝凉水，喝了凉水变魔鬼！"老婆让我"凉快"了很久才问："你看到什么啦？""看到老婆大人你了。""那照片外面呢？""一个喝凉水的小气鬼。"

虚惊一场！我暗自庆幸喝再多的凉水也是值得的。

第三辑・官场现形

智能帽

单位里有个结巴兄弟，姓刘，脑残，你叫他刘结巴，他照样嘿嘿直乐，跟吃补药似的；三十出头很久了，还没对象。单位里另有一文秘，姓张，绝色美女。有一次同事喊他刘结巴时，张美女板脸道："不许欺侮老实人！"就这句话，让刘结巴有了想法，是人都笑话他癞蛤蟆想吃天鹅肉。刘结巴倒是个痴心人，单位里发点东西，他屁颠屁颠地给张美女当脚夫。平时里一见张美女，嘴歪得像中风，洋相百出，令大家上班也轻松不少。

刘家仅此一子，父母为他操碎了心，五十出头相继往生；从此任由刘结巴一人在世折腾，眼不见为净。刘结巴木讷的心灵深受打击，非疯即癫；不久便将父母唯一留给他的房子变卖了，只身住进单位集体宿舍。也不知他卖房所得的一百万元扔到哪片祸水里了？或许张美女知道，闻者皆叹作孽。刘结巴却换了个人似的，天天戴顶破帽子，嘴也不结巴了，人也分得出好恶了，你若再叫他刘结巴，也会吹胡子瞪眼了。大家就猜，他早先搭牢的两根神经，被家庭剧变冲开了。而且你不得不相信，傻子与天才只隔了一层桃花纸，一且捅通，傻子即天才。

刘结巴即是明证。他就跟女大十八变似的，一天一个样；不但口若悬河，出口成章，而且举止高雅，为人风流倜傥，处处体现出极端的精明来，从一个十多年来最没出息的办事员，摇身一变成了全能型奇才，令人瞠目结舌。所谓运气来了你推都推不开，刘结巴从此官运亨通，一路高升，后来又去省城进修，又获得名牌大学的学位证书，成了学术型领导；一年内连升三级，不久便离开单位，到政府部门任要职。张美女也因为当年的一句话，福从口出，被娶进豪宅，不但成了官太太，而且成了美女官员，远离我们的视线。

几年后，我在远房表侄的婚宴上，遇到刘结巴；炎炎夏日，依旧戴顶破帽子，汗流浃背。表侄家有些背景，请刘厅长主婚，刘结巴信口开河，风趣幽默，字字珠玑，半小时掌声笑声如潮。宴上我频频敬酒，对昔日同事佩服得五体投地。刘结巴见我是表侄亲戚，当年对他也厚道，喝到九成醉时，就劝我买帽子。我瞥了一眼他头上的破帽子，心存疑惑，莫非这帽子里有何蹊跷？刘结巴猛拍我肩道："兄弟，这里面学问大着呢？"

刘结巴说，此帽乃美国研究和开发人类智能的专家牛顿·爱因斯坦博士研制而成，旨在造福于有智障的弱势群体，让即使零智商的人，也能过上正常人生活。但传入国内之初，帽店门可罗雀，因为售价要一百万元。你想，有一百万元，即使是个傻子，也能舒舒服服过一辈子了，何必冒这个险呢？但中国人就是聪明，一经改良，帽子的智商级别就从"正常人"提升到"人类精英"；这才打开销路。你想成为牛顿吗？你想成为李嘉诚吗？你想成为普希金吗？……奇迹就掌握在你手中！举手之劳，梦想成真。你只要拿出一百万元，帽子戴到头上，智商300、500随你挑；你想有这般高智商，还有什么理想与抱负不能实现？人说一顶帽子让你少奋斗四十年。四十年是个什么概念？如果你20岁工作、60岁退休，四十年就是你一生工龄。少奋斗四十年，就是让你一生都不用奋斗，只管享受就是了。

我将信将疑道："有这么神奇吗？"

刘结巴笑道："当初我也这么怀疑，大家不是说我傻吗？我就他妈的傻它一把，将房子换成帽子；到帽店我浑身发抖，一百万哪！兄弟，扔进水里就全完了。店员问我要哪种帽子？我哪知道。店员说幽默型有'萧伯纳'帽，文学型有'托尔斯泰'帽，科学型有'爱因斯坦帽'……我就问有没有当官型的，他说有呀，就扔给我一顶'严嵩'帽；我那时还不知道严嵩是谁呢？现在你看，我不是什么都有了吗？位子、票子、房子、车子、儿子……"

"哈哈哈……"刘结巴大笑道，"兄弟，要抓紧啊。"

我回家和老婆商量，她坚决不同意。她大概怕我发了，也像刘结巴那样找个张美女。再说家里要还房贷、要抚养儿子……一百万元到哪儿弄去？此后我发现周围戴破帽的人越来越多，而且个个都是"士别三日"的人，原本胸中无墨的方秘书，戴帽后下笔如有鬼，升了；原本在机关大院开水房里烧锅炉的老戆，戴帽后提干了……

这年年底，刘结巴以其非常特殊的身份来单位调研，大概想衣锦还乡一把吧？而且指定我去接送。我见他没有戴帽，甚是奇怪。刘结巴倒也爽气，对我直言不讳道："我嫌戴帽太傻，就给科研单位提了两条建议：一是将帽改成发套，美观；二是智能类型多功能转换，只要一摁按钮，萧伯纳、托尔斯泰、爱因斯坦随便当。""这得多少钱哪？"我小声问。刘结巴得意道："这是他们刚研制的第一顶发套，白送的。"我把刘结巴接到单位会堂前，这时天色大变，要下雨了。单位头头赶紧撑开伞，护着刘结巴的头。无奈风越刮越大，雨越下越欢，单位头头也不是举伞的料，伞被大风刮飞，就见刘结巴头上青烟直冒，一股焦味，刚被迎上主席台就昏倒在地。他随即被迅速送往省人民医院。听说他的发套淋到雨，全烧焦了，还烧坏了他满头神经末梢，现在就是有智商1000的发套戴在他头上也不起作用了。这次意外事故，让刘结巴彻底变成了白痴，现在某家特殊疗养院安度余生。

仓库的灯泡坏了

余局长叫老熊到仓库拿老虎钳和铁丝给他。老熊没有动。余局长过于干练的长脸就像塞外的山，霜浓之后更显狰狞。他问老熊："有问题吗？"老熊是仓库保管员，别说余局长要铁丝，就是要金锭，他也得去拿；能什么问题呢。老熊问："余局长需要多长的铁丝？"余局长说："两三米就够了。"于是，老熊就去仓库，开门，打灯；仓库里唯一的电灯突然耀眼一闪，黑了。老熊再怎么按开关，就是不亮，大概钨丝断了。仓库四壁没有窗，里面乌漆抹黑的，啥也看不见。老熊重又锁上门，向余局长汇报，仓库的灯泡坏了，没法取。余局长白白眼，这种小事还用得着汇报吗？换个灯泡不就完了。

老熊从局长室出来，去工会找老刘，老刘是安全监督员，换灯泡需在他的监督下才能更换。老刘叫老熊等等，赶紧打电话给大楼设备维护科，维护科又打电话给下属的电工组。这属于电器设备维护，需有专业上岗证的电工才能操作。但不巧的是，电工组的两名电工都出去工作了。维护科说只能等电工回来再说。老刘朝老熊摊摊手道："没办法，只有等了。"可老刘和老熊能等，余局长却不能等,他的电话随后就追过来了。老熊不敢接,让老刘接。老刘向余局长解释,按照制度规定,必须有仓库保管员、安全监督员和电工三方人员在场的情况下,才能更换灯泡。余局长听了居然口出粗话,骂他放屁,换个灯泡至于搞得这么复杂吗?老刘说是的,否则就会被考核,是要扣奖金的。余局长吼道:"我不管你们用什么办法,赶紧把东西给我送来。"

老刘搁下电话,问:"余局长要老虎钳和铁丝做什么?而且这么急。"老熊白白眼,"我哪知道。"老刘也急了,"哪怎么办呢?"问老熊:"有电筒吗?"老熊摇摇头。老刘点了支烟。老熊说:"你不是有打火机吗?"老刘赶紧拉老熊去仓库,他用打火机给老熊照明。但仓库太黑,而且东西推得乱七八糟的;每走一步,比翻山越岭都难。老刘批判老熊,"怎么不整理整理?跟垃圾场似的。"老刘跟着老熊爬来爬去,半天都没找到他们要找的东西。怪事,明明应该在的东西,却就是找不到。打火机在老刘手上发热发烫,烧痛手了,老刘大叫一声,打火机应声而落,不见在杂物堆缝里;仓库里顿时恢复到原先的黑。好在打火机一松手就自动熄灭;要不,酿成大火就惨了。老刘灰头土脸地爬出仓库,气愤道:"你自己解决吧!"就走了,把老熊独自凉在黑漆漆的仓库里。

老熊在黑暗中静静地呆了三分钟,骂了句娘,就从刚才找过的柜子里摸出一只灯泡,爬上杂物堆,换下那只坏了的灯泡。老熊摸到门边,一按开关,灯倏地绽放出耀眼的光芒,将整个仓库都照亮了。没费多少时间,老熊就找到余局长所要的老虎钳和铁丝,他截了四五米长铁丝,兴冲冲地跑去局长室。谁知局长室没人,问隔壁办公室的张秘书,说余局长已经出去了。老熊重又回到仓库,把老虎钳和铁丝扔回原处。

这天下午，电工小李来了。他先找到老刘，由老刘带他找到老熊。老熊冷冰冰的，说不用了。小李不乐意了，什么叫不用了？要猴哪？再说作业单已经开出，要填作业情况，要双方签字，不然就扣他奖金。在小李的坚持下，老熊打开仓库，一按开关，电灯倏地亮了。小李和老刘异口同声道："怎么回事？"老熊不得不承认是他换的。"谁让你换的？"小李黑下脸来。老熊不得不拧下自己的灯泡。小李再安上他带来的灯泡。小李在作业单上作了详细记录，让老刘和老熊签字画押。

月底发奖金时，老熊被扣 200 元，老刘被扣 400 元，余局长被扣 800 元。

此后，余局长见到老熊就牙痛似的，歪着嘴巴。那天余局长早晨来上班的途中，奥迪车底下的一板塑料板掉下来了，一路拖地，不但声音难听，而且感觉也不爽；余局长想用铁丝先固定一下，谁知左等右等就是等不来老熊的老虎钳和铁丝，他就又一路拖地去 4S 店维修了。谁知 4S 店维修一下才 400 元，而让老熊找老虎钳和铁丝（还没找到呢）却扣了 800 元。至于老刘，但凡有机会，他就拿此事臭老熊一顿，令老熊郁闷。

第二年局里精简机构、优化组合，57 岁的老熊就提前内退了。老刘降级当了仓库保管员。老熊在一家幼儿园看传达室，老刘去接孙子时遇到老熊；老熊笑微微的，在孩子们"熊爷爷、熊爷爷"的叫声中，开心得像尊菩萨。老熊不计前嫌，主动叫了老刘。老刘就向他诉苦，说仓库的灯泡又坏了。老熊摇头道："那个仓库呀，黑得很呢。"老刘感叹道："还是你明智，提前走了。"老熊说："是啊，和花骨朵似的孩子在一起，这才叫神清气爽呢。"

领导开心死了

黄市长是从副职上离休的,这让他抱憾终生。八年前他错过一次机会,以至于原地踏步,连个市长都没有扶正;本来他应该到省里、甚至上京城,谋求更高的职位,或许现在还在台上呢。看看当年和他一道打拼的,不也是农村插过队、部队当过兵、名校上过学、县里蹲过点,现在都首长了。黄市长那个悔呀!尤其离休后,有足够时间让他后悔,悔得肠子都青了;所以离休没三个月,他就被送进"市一医院"高干病房。

黄市长病了就知道病了好,毕竟他才走了三个月,市里各部门头头脑脑,老同事老部下,托他办过事的亲朋好友,以及林林总总的社会关系,都纷纷涌到高干病房,又送鲜花又送礼品,硬是把黄市长温暖地包裹起来,一下子回到热闹中心,有了那种感觉;病也无缘无故地好了许多,虽然没有好透。但热浪来得快,去得也急;没多久高干病房冷冷清清,门可罗雀。黄市长倒是时时刻刻惦记着市里各部门头头脑脑,老同事老部下,托他办过事的亲朋好友,以及林林总总的社会关系;但他们却将他彻底忘了,忘得让他病又重了三分。

黄市长终日闷闷不乐、唉声叹气，病了又病的他，如今又多了一份后悔，后悔那些年干吗拼死拼活地工作，有病也不上医院？早知今日，当初就应该多住几回医院。黄市长有两个女儿，看在眼里急在心里，偷偷地给市里各部门头头脑脑、父亲的老同事老部下、托父亲办过事的亲朋好友、以及林林总总的社会关系打电话，恳求他们来探望父亲。但大家都忙，都在拼，人在江湖，身不由己；偶尔有个把碍于情面，做过一次回头客，也就仁至义尽了。黄市长的病更加重了，常常歇斯底里地哭啊笑啊闹啊，病房开了空调，盖了三重被他还叫冷。院长亲自找姐妹俩谈话，认为老领导患有疑似老年痴呆症，最好换个环境疗养。

看来呆在市里是不行了，不如去老家试试吧。黄市长当年给父母造过幢别墅，在乡下独门独院，清静；再说他在老家是个大人物，在职时没少给家乡好处。说干就干。果然不出姐妹俩所料，黄市长回到老家，又回到热闹中心，病也无缘无故地好了许多。见到父亲日渐康复，姐妹俩心宽了许多。一晃又是半年，家乡人们的爱戴再持久，到这时候也如强弩之末，再没有力量支撑住他永久的渴望。日益冷清的黄家别墅被他骂作停尸间，不，还不如停尸间呢，连个死人都见不到！

姐妹俩尽其所能，将别墅"武装"到了极点，客厅里有电视和音箱，书房里满壁书刊，厕所里有热水器浴缸，卧室里有空调……还花钱请了两个保姆，全天候服侍父母，但黄市长的病越来越重，因为他要的并不是这些；而他要的，两个女儿又给不了（她们又不是上级组织部的）。姐妹俩眼睁睁地看着父亲一天天衰老，一天天病重；每次打电话回老家，母亲就在电话里哭，求女儿救救老头子。

第二年春节，姐妹俩各自带着全家人回老家过年；两三个月不见，黄市长竟病入膏肓，已露出下世的景象。姐妹俩就埋怨母亲，父亲病成这样，干吗不告诉她们？干吗不送去医院？母亲哭泣道："去医院有什么用？再说，你爸死也不肯去医院。"于是，全家人围坐在客厅里，从大年三十商讨到正月初一，还商讨不出对症下药的良策。最后，还是小外孙一鸣惊人。他说："外公要什么，你们就给什么嘛。"大家都说对。但是怎么给呢？他们给得了吗？小外孙又说："又不是真给，骗骗外公总可以吧。"大家这才如梦初醒，对呵！有了这个思路，全家人集思广益，一个切实可行的方案很快就形成了。

元宵节这天，姐妹俩各自带着全家人又杀回老家。全家人齐动手，在别墅的楼上楼下，每个房间的门墙上，甚至在院子里，都乒乒乓乓地钉上金灿灿的牌子。等黄市长午睡醒来，大小女婿搀着他下床走走。黄市长见到客厅墙上钉了块金牌：广电厅，顿时眼睛一睁；又见过道上的金牌：交通厅，眼睛就睁大了；再见书房门上的金牌：文化厅，眼里就有了光；再见厕所门边的金牌：卫生厅，眼里大放光芒。黄市长进卫生厅撒了泡尿，出来时脚步稳健多了；姐妹俩怕他累着，劝他先休息一下再视察；但黄市长连声道，不累不累。于是又视察了商务厅（储藏室）、教育厅（孩子房）、外事局（客房）、机关事务管理局（厨房）；随后又来到院子里，看到大门口挂着大牌：黄家自治区人民政府；门口狗窝挂牌：城管总队。黄市长突然挣脱女婿们的搀扶，一手叉腰，一手高举道："同志们辛苦了！"全家人先是一愣，随即反应过来，忙喊道："市长辛苦了！"黄市长又道："为人民服务！"大家忘了词，不知道下面该如何接茬。

元宵夜宴，是黄家近年来最开心最热闹的，黄市长精神大振，在席上不但作了不少指示，而且胃口大开，吃了不少东西，还喝了杯红酒；随后他起身，请大家慢用，由小姜（即黄市长夫人，年纪比他大一岁，但他一直叫她小姜）搀扶着回人口与计划生育委员会（卧室）休息。第二天也就是正月十六凌晨，黄市长突然从梦里笑出声来，笑声长达 14 分 15 秒，小姜怎么呼唤都没用，随即黄市长的笑声与呼吸戛然而止，享年六十二岁。

一庙九菩萨

1989年冬，单位有了第一台电脑。领导特地腾出一间40多平方米的储藏室作为电脑室，装了防盗门、窗式空调，铺了红地毯，配有吸尘器；由郑如负责管理。郑如就因为这台电脑而从其他单位调来的，她大学专业就是计算机管理。郑如每天上班，第一件事就是把空调开起来。领导说电脑须在冬暖夏凉的环境中运用，否则会死机，后果不堪设想。每天下班，她又用红色的灯芯绒布把电脑和打印机罩起来，用吸尘器将电脑室吸一遍，确保清洁卫生。领导说电脑最怕尘埃。这台电脑打印的第一张白纸，就是"无烟室"三个大字，贴在电脑室门上。

电脑作用可大了。各种总结、报告、上报材料、下发文件等等，过去都是手写或刻蜡纸的，现在由郑如往电脑里一输，打印机吱嘎一响，东西就出来了，要宋体就宋体，要楷体就楷体，漂亮，绝对漂亮。郑如也就成了单位的打字员，成天加班加点，叫苦连连。几年之后，电脑开始普及，各部门的头头脑脑都配有电脑；郑如除了日常的打字工作外，还增添了电脑知识辅导，教领导们五笔输入法。

不久，电脑室升为信息管理科，一位从部门管理岗位退下来的老同志，担任信息管理科科长。他过两年就要退休了，除了成天在电脑里练习接龙游戏外，对郑如倒是绝对信任，俩人在电脑室各自为政，各忙各的。又是几年过去了，郑如更忙了，电脑全面普及，各位管理人员都配备了电脑、打印机，并且安装了外线，大家可以上互联网、听音乐、看视频、聊QQ，甚至打魔兽。单位领导瞧着大家在电脑上日理万机地忙碌，眉头越皱越紧；几次找郑如探讨信息管理法门，制定管理办法。郑如花了一年多时间，终于建立了内网，并将权限划分为三等：一等是处级及以上干部，可以全权使用内外线；二等是科级干部，可以上内外线，但禁止下载安装软件，不允许视频及QQ等；三等是一般管理人员，只能上内线。信息管理科也扩大了许多，被安排了三名科长；但具体办实事的，仍旧是郑如一人；那三名科长，郑如则网开一面，可以全权使用内外线，他们各自抱着电脑，看新闻的看新闻，炒股票的炒股票，反正电脑室大门一关，自成一统。

三年前，信息管理科升级为管理信息部，设有三名部长（处级）、六名科长，及一名科员（即郑如）。当初空空如也的电脑室，如今被安排得满满当当的。郑如每天上班，第一件事就是打开水，她得来回跑三趟开水房，打十二瓶开水，才够领导们一天喝的；然后是清扫电脑室，清洗烟灰缸，因为领导们不光是老茶客，还是老烟枪。他们每天按时上下班，不早到，不迟退；来了就各自泡上茶，叼上烟，开"早会"，将昨日各自获得的信息进行交流，比如：美国道琼斯指数分析、国内今日股票走势预测、钓鱼岛事件新动态、陕西省政协副主席"最信任"的情妇组成十一人的庞大"情妇告状团"将他"扳倒"、你不得不知的PM2.5……，早会开得热闹、有深度，关注到社会的方方面面，直到他们每人烧完五支烟，电脑室烟雾缭绕，人影依稀时，方才停歇。随后，他们就各自抱着电脑，开始一天的工作，即通过互联网挖掘明天早会的谈资。

当然，郑如早已不是打字员了，打字这种太初级的活儿，别说一般管理人员都会了，即使是单位头头也早已熟能生巧；她现在从事的工作，便是对内外网络的维护，以及电脑设备的更新。尽管她的肩上压着九座大山，但领导们对她倒是绝对信任；有关管理信息部的实质性工作，都是她说了算。九位领导中，也有劳碌命的，也有嫌八小时漂在网上太无聊的，就恳求郑如布置点工作做做；他们总是戏称郑如："郑领导，今天我做什么呀？"但就计算机专业知识而言，他们都是"文盲"，郑如能有什么工作给他们做的？让他们插手，那叫越帮越忙，所以她总是笑笑，非常抱歉道："领导，你该干吗干吗去吧。"

堵局长的春天

在春天一次例行的局级领导体验中,堵局长倒下了。体验报告一出来,他就被送进了高干病房。消息传来,全局震动。麦副局长在第一时间,第一人次赶到医院,带着水果花篮,带着野山参,带着焦虑的神情和煽情的语言,探望了堵局长。麦副局长紧紧地捧住堵局长的手,深情地呼唤道:堵局长啊,让我替你得这个病吧!我们这些平庸之辈死不足惜,您老可是我们局的擎天柱啊,您要是躺下了,那一摊事可怎么收拾呵!说着,麦副局长的眼睛湿润了,红红的,艳艳的,令堵局长感动得老泪纵横,感慨不已:平常这个麦副局长在几个副职中表现不咋的,但在危难之中就见真心了;这个同志根正苗红,好啊……

正当全局上下闻讯而涌,纷纷往医院高干病房赶时,堵局长忽然出院了;高干病房里换了组织部的贾部长。原来医院里出了点小纰漏,把贾部长与堵局长的体验结果调了个包。贾部长住院自有一番热闹,这儿就不表了。要说的是堵局长突然出院,在那个乍暖还寒的春天,搞得很多干部同志都措手不及,愣在去医院的半路上吃凉风。但羌副局长是个例外。羌副局长在医院门口把堵局长截住了，直接上了天外天海鲜城，替堵局长接风洗"晦"，祝堵局长洪福齐天，不日高升。在局里，谁都知道堵局长与贾部长是不共戴天的死敌，堵局长之所以艰苦奋斗了八年整，尽管他办事雷厉风行，政绩赫然，却迟迟不见晋升，就是因为向上的道路上有贾部长这座山挡着；现在贾部长得了不治之症，这座高山顷刻间倒下了，堵局长自然是二月二龙抬头。羌副局长今天还带了夫人作陪。羌夫人年轻美貌，气质不凡，又谈笑风生，酒敬得水平高超。大家都知道堵局长在酒席上的保留节目，凡是女人敬酒，要喝必喝交杯酒；想不到羌夫人对此落落大方，这酒就让堵局长喝得别有一番滋味上心头，就不禁感叹，知我者非羌副局长莫属了。你就说，单凭羌夫人这杯妙趣横生的交杯酒，将来也应该……

先是听说堵局长"不治"了，结果无恙；后又听说贾部长一倒，堵局长立马高升了，可一阵风过后仍不见下文。在几个副职中，斜副局长是实力派人物，上有领导看中，下有群众基础，就差堵局长挪一下屁股了；可这家伙一蹲就是八年，八年哪！在斜副局长前面曾经有不少副职明争暗斗、你抢我夺，最后还不是一个个落荒而走，到别处转正了。他也静候了四年多了。这日子哪天是个尽头啊？不，春天行将结束的时候，堵局长很意外地被"双规"了。据说一封很有内容也很有分量的匿名信，从背后砸了堵局长一黑砖，将他卖官买官、贪污受贿的劣迹捅了个底朝天。全局上下再次震惊，落水干部就像秋蟹一抓一大串。而羌副局长和斜副局长暗自高兴的是，这次反腐倡廉事件中，被牵连进去的还有麦副局长，因为堵局长的卖官买官名单上有他的名字。他们终于少了一个逐鹿中原（正局宝座）的对手。

正当羌副局长和钭副局长暗自得意时,组织部曾部长带来了一个新人。这个新人姓高,成为他们的高局长。高局长走马上任,从局里几个处级干部中,提了一个副局长,顶替麦副局长。这些都是春天以后的事情了,这儿不表也罢。

家中被盗之后

刘局长一口气委托了三家侦探所。他发誓要找出这个小偷,找回自己的东西,并给他一点颜色瞧瞧。他列出失窃物品的明细表,不厌其烦地带侦探回家,查勘小偷的蛛丝马迹;不厌其烦地叙述失窃的经过,想找出小偷闯入成功的破绽。侦探需要什么,他就提供什么,包括巨额的经费。

这年头刘局长不差钱。

但小偷像个崂山道士,会穿墙,会隐身;没有留下强行闯入别墅的痕迹,门窗紧锁、完好无损,连只蚊子都插翅难飞的刘局长家,他却如入无人之境,大白天在戒备甚严的高尚社区,将那么多东西从户内搬到户外,又神不知鬼不觉地偷运出去。别墅里所有最高档的锁也只是个摆设,根本阻挡不了小偷来去自由的脚步。

王侦探请刘局长放心:"即使天空中飞来一只小鸟,也会在大地上投下影子的。"

半个月后,刘局长被王侦探叫到隔壁的别墅里。看到三家侦探所的侦探都在那儿,他顿时愣住了:"你们怎么会都……在张先生的……家里……"原来，三家侦探所互通有无，他们得知受雇于同一个顾主，便分工合作，齐心协力侦破了这起盗窃案。

这幢别墅的主人姓张，刘局长是知道的，瘦高个，戴副博士眼镜，文质彬彬的，就像三十年代的诗人，时常在黄昏时分，挽着年轻漂亮的太太和娇小可爱的女儿，一家人其乐融融地在社区花园里散步。这是令局长夫人羡慕不已的情景，她在刘局长面前不知提过多少次："你看人家比你有钱有势，却三天两头陪着老婆孩子，可是你呢？"

相比之下，刘局长就混账得多了，他三天两头不在家，每天都有应酬。可谁叫他是刘局长呢！刘局长就是"会奴""宴奴"，白天报告要作得漂亮，夜里酒更要喝得漂亮。做干部也不容易啊！不知有多少干部因为工作的缘故，牺牲了自己的健康和家庭的幸福。

现在，张先生坐在自家客厅的地板上。白色的高档西裤退到脚踝上，像个当场被捉还来不及提裤子的嫖客。他的双腿很细很白，但寒毛很长。他的双手戴着锃亮的镣铐，挡在自己的面前，他低着头，害羞似地不敢见邻居。

刘局长心想，要是美女看到这情景，不知作何感想？

王侦探朝刘局长笑道："这就是你要找的人。"

"这怎么可能？张先生会是小偷……"

尽管刘局长有一千个一万个不相信，但这是事实。

侦探们从社区的监控录像中，排查了最近一个月里所有进出高尚社区的车辆，发现刘局长家失窃的东西，并没有运出去。这说明小偷很可能是这个高尚社区的人，或者在社区里有窝点。经过排查，他们确定张先生就是小偷。事实证明，他们的判断是正确的。王侦探带刘局长到别墅的阁楼上，刘局长的眼乌珠都掉出来了，阁楼像座工厂仓库，里面堆满了东西，全是赃物。

刘局长家失窃的东西也在其中。

据张先生交代，一年前，刘局长的儿子在社区球场上打篮球时扭伤了脚，是他送回家的。刘局长深表感谢，邀请他到书房喝过茶；张先生看到那些古董字画就动了心，他之所以要等到一年之后才动手，就因为他们是邻居，他知道吃窝边草是要冒风险的。张先生还是"进出口贸易公司"的头儿，该公司拥有近百名"特殊员工"。照张先生的规划，未来五年内他要将这家公司发展成为上市公司。瞧着张先生一脸严肃地谈论自己公司的战略计划，刘局长想笑却笑不出来，想哭又哭不出来。

刘局长希望侦探们不要报警，但遭到拒绝。刘局长请求他们不要把他牵扯进去，侦探们答应了。在他们报警前，刘局长又恳求张先生，他们前无冤后无仇，希望他进局子后不要提到他，他不想因此而被牵扯进去。张先生连声道歉。他说他是罪有应得，他不该去偷他家的东西。他向刘局长保证，只字不提这位邻居，请他一百个放心。

于是，王侦探报警。

不一会儿，警车开进了高尚社区。

在警车到来之际，刘局长已悄然回到自己家中，他站在露台上，目不转睛地注视着隔壁的动静；张先生被押到户外，他被塞进警车前的最后一秒，扭头朝刘局长家这边张望了一眼。目光淡淡的，若有所思的，却让刘局长不寒而栗。他有种不祥的感觉，顿时从头冷到脚底心。他赶紧销毁了三本日记和十七张光盘，但张先生老奸巨猾，早已复制了备份。

几天之后，刘局长被"双规"了。

山里有两个村子

有两个村子藏在深山老林中，数百年来过着与世隔绝的生活。

有一天，从山外来了很多人，他们先找到唐村，说山上的树都是钱，提了斧锯就要动手；村长带人拦住他们，说树不能砍，砍光了树山还像山吗？于是，这帮人找到更深的钱村，钱村人听说一棵树能卖不少钱，就欣然同意。于是，这帮人就把钱村的树全砍了，还偷砍了不少唐村的树。两个村子为此交恶，从此老死不相往来。但唐村人还是保住了不少树，四周的山倒还像个山。

不久，从山外又来了很多人，他们先找到唐村，说山溪里的小鱼都是钱，提了渔具就要动手；村长带人拦住他们，说溪里的小鱼不能捕，捕光了小鱼溪还像溪吗？于是，这帮人找到更深的钱村，钱村人听说小鱼能卖不少钱，就欣然同意，而且帮着山外人一起捕，把溪里的小鱼捕得干干净净。唐村人听说了，非常气愤，但钱村比唐村在更深的山里，住在山溪的上游；钱村人只是捕他们溪里的小鱼，唐村人也没有办法。但上游没有了小鱼，下游怎么来的小鱼呢？

钱村人经过砍树和捕鱼的两次洗礼,对钱有了充分认识。村中不乏有经济头脑的人,他们与山外人联手,雇人采集山中的各种野菜野生岩耳野生菌野味儿……凡是深山老林里野生野长的玩意儿,到山外都成了抢手货。钱村人不但把自己村的山野采了精光,还把唐村的山野也采空了。采集野货,唐村人也不好说什么,那毕竟不是树。钱村很快就富起来,而唐村抱残守缺,日子穷归穷,倒也闲散,不像钱村人那样尔虞我诈和紧张忙乱,一点人情味儿都没有。

不久,从山外又来了很多人,他们先找到唐村,说山里发现了这矿那矿,只要让他们开采,他们扛来的大捆大捆钞票就是村里的了。村长带人拦住他们,说山里的矿不能开采,这山要是开采了,没有了山,他们还怎么生活呀?死了葬到哪儿去?于是,这帮人找到更深的钱村,钱村人见那大捆大捆的钞票,二话不说,就把开采权交给了他们。于是,这帮人就在钱村开矿,工厂造得到处都是。钱村人发了,纷纷走出大山,搬到山外的镇上,过上神仙般的幸福生活;他们遗留下来的民房,全租给了矿工,那也是一笔不小的收入。随着矿厂不断壮大,大山被蚕食,山溪被污染,就连唐村山中的矿石,也被黑心的矿主像老鼠钻洞那样偷偷地挖空了。

唐村人宁静的生活完全被打破了。

不久,唐村人染上了一种奇怪的疾病,一个个相继死去。唐村人坚信是那些山外人开矿触犯了山神,山神发怒了,给山里人带来了瘟疫。唐村人惶惶不可终日,在村长的带领下,烧香拜佛,祈求山神……但情况并没有好转,白色恐怖依旧笼罩着整个唐村。消息传到山外,有关部门对山里环境进行检测,发现唐村人因为常年饮用被污染的溪水和食物,呼吸被污染的空气,患有各种癌症。矿厂被政府勒令关闭。政府还在山外建了新村,劝导唐村人搬迁到山外去居住。但唐村人不乐意，他们祖祖辈辈就住在大山里，先人的墓也全在大山里。他们要死守在大山里；死人的事还在继续发生，这家哭罢那家哭，村里人丁日益稀少，最后只剩下寥寥几个唐村人被送到山外，去的不是山外的新村，而是肿瘤医院。

现在，大山里已经没有村子了。不，那两个村子还在，只是人空了，房塌了，一片荒芜了。据说那个唐村经常闹鬼，夜里一片凄惨哭声，成了一个鬼村。现在，大山里开辟了一条黄金旅游线，唐村和钱村是这条黄金旅游线的必经之路，当地导游将两个村子的故事说给大家听时，满车游客纷纷谴责钱村人，愚蠢啊愚蠢！继而又谴责唐村人，愚蠢啊愚蠢！但就是忘了谴责那帮山外人，包括那个当地导游。

你需要慢下来

年纪尚轻的金老,之所以被人敬为"金老",是因为他的权势、地位和金钱摆在那儿;在某些地方或圈子,金老始终是大家望尘莫及的范儿。金老住的是豪宅,骑的是路虎,玩的是英特尔网……一切讲究时速。

有一天,一直伫立在时代风口浪尖的金老,咔嚓!从上面掉了下来。一切来得太快,金老想不到的是,疾病也以他所崇尚的速度降临了。七天七夜,辗转于鬼门关前,一朝苏醒,却听得哀声如潮,众亲悲号;金老还以为自己驾鹤西去,早已上天(堂)入地(狱)了。良久,才知是隔壁那位年轻而又显赫的高干,刚与世拜拜了。此人虽不属夭折,但依旧年轻得令人扼腕。前半夜想想别人,后半夜想想自己,金老对自身病况也不容乐观,他半身不遂,嘴歪了,止不住地流着口水,与病前玉树临风的他,判若两人。

在病床上,他常常喃喃而语:"太快了,太快了……"

人问:"金老,什么东西太快了?"

金老只顾自言自语:"我怎么会……太快了,太快了……"

金老养了半年病,身体基本恢复后,重返领导岗位,却已性情大变：手脚尚且利落，但他走得很慢很踏实，而且不再骑路虎，连车都不常坐了，只有天气好，他就推一辆自行车，或骑或推，很寒碜地到单位上班。嘴虽已不歪了，却不再像过去那样伶牙俐齿、诙谐幽默，而是变得沉默寡言，不得不说时，也要三思而后言。另外，他很少在网上飘了，连手机也常常处于关机状态。他现在常说的一句话是："我确信一些东西已经被人拿走。"人问："是这场病吗？"他说不是，是在他病之前。

金老渐渐地就落伍了，连乌纱帽也降了级，但他无所谓了，在办公室置了笔墨和书帖，竟练起传统的毛笔字来；另外，进进出出随身带的不是苹果手机，而是一只珍袖的收音机，一路哼哼的是咿咿呀呀拖腔拖调的传统越剧……最后，权倾一时的金老竟"虎落平阳被犬欺"，调到一个闲得不能再闲的地方工作，没权没势没油水，上班也可去可不去。大家都替金老不平，唯独金老乐呵呵的，说这是他自己要求的。

从此，金老很背时，很平庸，除了正常的吃喝拉撒睡外，就成天到外面转悠，这儿看看，那儿嗅嗅，露水般湿润了三月的花香，黄昏时一场不期而来的秋雨，某个穿着粗布衣裳进城的农民……以及迟归时回到他身上的那份饥饿，都让金老欣喜不已，说是有些东西终于回来了，他能一点点地感觉到四季的变化，感觉到生命的存在。六月的某一天，金老凌晨梦醒，听到一阵阵蛙鸣从城市的另一边传来，他仔细听听，那应该就是家的方向；于是乎，踏着月色而去。就像把蛙鸣还给了青蛙，金老吸呼着清凉的空气，回到了大地的腹腔，巨大的安全和安宁包裹着他，在满天的星光下，金老簇拥着天地间的某些慢、某些缓，像是再生一般，于月光深处发芽破土。

"慢下来，真好。"金老早已忘了身在何处，向大地慢慢地俯下身去。

余田的第一把火

某单位原有一正两副三个处长,各有各的分工和管辖范围;新任副处长余田向秦处长讨工作做,秦处长说是等刘副处长回来后再讨论。

余田以前是个科长,一天到晚趴在画图板上画图样;那时候忙得慌,叫苦连连。现如今让他二郎腿翘翘、茶喝喝报纸看看,他倒闲怕了;真是没有想到没事做的闲,比忙死忙活的做还难受。再说他一个新来乍到的副处长,啥事儿也没有,啥话也插不进去,大家看着会怎么想呢?他心里越是着急,屁股就越坐不牢;只得像一头困兽在自己的办公室里团团转,把休假的刘副处长骂得狗屁不如。

本来,中午在单位里吃了饭,余田也到王副处长那儿看他们玩扑克;他无意之中说了一句,单位里怎么可以养狗呢?我看得杀了它。谁知他话一落,四个人愣是直着头,跟不认识似地看着他。好像他说的不是杀一条狗,而是杀一个人似的。尤其那个王副处长,还冲他眨巴眨巴眼睛,说,那条狗挺好的,光会喊不咬人,而且有了它,这里十几年没少过东西了。接着他们就跟他争论起人怕狗还是狗怕人的问题，没意思透了。

现在他连看玩牌的兴趣也没有了，可一个人闷在办公室里，却又比死都难过。他妈的，什么狗屁处长！他隐隐地感到自己不该来这个鬼地方当什么鬼处长，还不如在原单位当科长的好。

余田左盼右盼，还没有把那个刘副处长盼回来，倒盼来了一年一度的节能月。呜呼，他终于有事情做了，秦处长让他着手抓单位的节能活动；这事虽是针眼大的小事，但总是一件事儿。

可这个小小的单位，能节约什么能源呢？而且这又偏偏是他来当副处长的头一件事；他能不做出点成绩来吗？他得让大伙儿觉得自己的份量来。有道是新官上任三把火，他倒好，新官上任坐冷板凳。这一回非得搞出点名堂来不可，要不，他就不姓余。

余田回到办公室，苦笑着摇头。这时候忽然听到院子里的狗叫声，他灵机一动，有了。余田想到狗，就想到了狗的主人严守礼，想到严守礼就想到了他所管的浴室和开水室，这两个地方不是要烧煤吗？煤不就是能源吗？

第二天，余田就把新官上任的三把火烧到浴室和开水室去了。

单位独家独户，但它的前后左右都是居民楼，都是熟人，来壶水，洗个澡；你总不至于赶他们出去吧，大家抬头不见低头见的。更何况，严守礼往常只管烧水和钥匙，只管把水烧好，到时候去开门到时候关门罢了，犯得着他去训斥别人吗？

余田头一天闷声不响地观察了一天，第二天就反背着手，冲他发号施令了。严守礼这么一个小小的传达室看门员，几十年如一日，只遵守一条原则，谁大听谁的。如今余副处长叫他怎么做他就怎么做，笑眯眯地一边赶人，一边解释道，是上面让他这样做的。

伯乐老总

某企业老总贾大孔,虽非科班出身,但尊重知识尊重文化那是没得说的,他爱慕人才,求贤若渴,十数年如一日坚持"以情感留人,以事业留人"的人才"双留"方针,广开言路,广纳贤士,一个职工仅千人的企业,竟每年从社会上招聘20余名大专文凭以上的人才,其中还有硕士、博士,在社会上传为佳话,大家都称他为"伯乐老总"。

这样的高知型企业,自然在社会上很响亮,不用花一分钱做广告,其产品一直处于旺销状态。中国那句老话,酒香不怕巷子深,仿佛就是为这家企业量身定"做"的。

贾大孔无愧于伯乐老总这个称号,十数年前,他就从企业内抽调了30余人,成立了人才科,请专家策划了企业形象、人才招聘优惠政策等,并加以印制精美的印刷品;凡是市里省里行业还是全国性的人才交流会,他都派员参加。在人才交流会上,他们高高地挂起了企业横幅,纷纷送企业宣传品,抓住机会,把人才问题做得很足很到位。他们去招聘的工作人员个个面带微笑,态度亲切,解释详尽，政策优惠，企业形象又佳，所以渴望流到他们那儿的人才很多，每次都收获不小。

凡是在各人才交流会上、各人才交流中心被接纳的人才，一个星期后接到笔试的通知，于是人才们从全国各地从四面八方赶往该企业，在企业高大豪华的会展中心，在雪白的纸上，施展自己的才华。按照他们人才招聘规则，删去一定比例后的人才们，一个星期后接到面试通知单。面试如期在高大豪华的会展中心进行。这次人才们终于见到了他们心仪已久的伯乐老总贾大孔。

在面试进行以前，伯乐老总即兴讲几句。他讲了"以情感留人，以事业留人"的人才"双留"方针，讲了他的"广开言路，广纳贤士"的执政纲领，讲了他们企业在国际国内形势下，抓住时机再次创业的大好势头，正是人才们投身其中，施展才华，实现自己抱负和人生价值的时候了，希望各路人才们切莫错过，过了这个店就没那个村啊！听了伯乐老总的讲话，人才们热血沸腾，恨不能马上就投身于企业的再创业中。

按照他们的人才招聘规则，删去一定比例后的人才们，在一个星期后接到了录用通知书。录用的应聘者纷纷热血沸腾地来了，他们被招进了另一幢与会展中心同样高大豪华的科技大厦，接受就业前的培训。科技大厦里，有电脑馆、科技馆、图书馆、创研馆……各种学习研究条件应有尽有。很多刚走出大学校门的应聘者，感觉又回到了母校，他们如鱼入水般地开始了熟悉而又陌生的生活。当然在学习期间，企业只发给他们一定生活费。

从此以后，伯乐老总虽不常见，但企业最高管理层却非常重视这些人才，他们经常来科技大厦开恳谈会，召集全体招聘来的人才（除了今年招来的新人才，还包括一些去年和前年招来的人才），济济一堂，大家畅谈企业发展的思路，创新理念，以及一些开发项目的可行性研讨。新人才们跃跃欲试，纷纷要求投身到工作中去，但领导们总是微笑地劝他们不要急，磨刀不误砍柴工。

　　三个月过去了，人才们在科技大厦里伸长了脖子。半年过去了，人才们的脖子酸痛极了。一年过去了，人才们纷纷离开科技大厦离开企业了。就在这个时候，新一年招聘的人才们又热热闹闹地开进了科技大厦，看上去比过去任何一个时候都热闹。

第四辑·世间百态

大　坑

小时候我一直以为苏大爷是个孤老头子，但他死倔，政府给他评"五保户"，他就凶神恶煞地跟人急，死也不要。长大后我才知道，他的家人多着呢，只是他们都去了那边，这边就剩下他一个人了。他就像余华小说《活着》中的男主角，经过一个八年和又一个三年的时间，家人都走了，就留下他守着一户偌大但又空荡荡的人家。

这时候他已经七十出头很多靠八十岁了。

苏大爷病倒了，而且要死要活地大病了一场，谁见了只剩下一把骨头的他都摇头，但只有阎王老爷没有摇头，所以这把老骨头又起来了。只是病坏了他的脑子，之后尽做些傻事。他居然想拿自家的良田，跟人家换乱石岗的那块荒地。这种缺德事谁敢答应啊？做了要折自己阳寿的。再说这块荒地又不属于谁家，派不来一点用场，所以大家一致认为，既然他要那就给他吧。

说到这个乱石岗，我们都会后背上冒冷汗。过去，有乞丐或流浪汉冻死在路边，或者穷人家有夭折的孩子，就用草席儿一裹扔到乱石岗上了事。所以，乱石岗上蛇鼠一窝，且有秃鹫在后，最可怕的是经常有野狗出没，红了眼睛，看谁都像看死人似的。小时候我总是远远地绕着它走，实在绕不过去，就通过尖叫加奔跑的方式，迅速穿过那个恐怖地带。谁也不知道苏大爷要做什么，难道他选择这个乱石岗作为……但是不可能啊！苏家另有墓地，而且他的归宿早就准备好了。

那年秋天，苏大爷在杂草丛生的乱石岗上放了一把大火，化了那些死人白骨，也赶跑了一窝窝蛇鼠，然后用锄头开荒。这无疑是件顶傻的事。家有良田他不用（给了人家种），还开什么荒吗？而且他在乱石岗上种的是果树苗。果树生长期比较长，苏大爷又毛八十岁了，他还有几年好活呢？他还能吃到自己栽的这些果树上的果子吗？再说要吃果子，他可以买啊，他又不缺钱。村里人瞧着这位满头白发的老头不免觉得好笑，这老家伙图个啥呀？问他劝他，他只是笑笑。就见他候到暮春或深秋，今年在这边乱石间种两株桃树，明年在那边乱石间植两株梨……过了种植时节他也不闲着，用一只小木桶拎上半桶水或粪便，给果树浇水或施肥。

谁知几年下来，昔日的乱石岗竟成了果园，杂七杂八的果树先后开花结果了。昔日村里最荒凉的地方，现在倒成了最美丽的风景。苏大爷也依旧的傻，还在继续种植果树苗；只是累了的时候（其实他大部分时间都是累的），他就坐下来，看看这些果树，高高矮矮地站在他面前；听听这些果树，在风中叽叽哇哇地说话……他爱这儿的每一株果树，它们都是他的亲生儿女。说来欣慰，苏大爷享年九十高龄，在他乘鹤西去前，还是享用了几年他手栽的果实。对于果实，苏大爷并没有占为己有的意思，成熟时，他自然要摘点尝尝的，但不多；就任凭村里人或过往行人自由摘食，尽情品尝。有时候一夜之间就让人采尽了，他也无所谓，倒是不少人都气不过，站出来替苏大爷说话。

后来，苏大爷过世了。早已出落成果园的乱石岗，便没有了主人。对于村里人来说，它也就是属于大家的。正因为如此，每当进入成熟期，往往果实远没有熟透，就被抢得一干二净。这些果实已经可以吃了，但不是最好的果子，吃起来的味道自然少了甘甜，多了苦味。更奇怪的是，后来这个果园被划为集体财产，成熟期由民兵守夜，也不乏偷窃者。这些果树颇历变易，几番沧桑之后，有的味道更甘美了，有的则又苦又涩，竟成了苦果。再后来，这些果树被定性为资本主义尾巴，是诱引人们犯罪的毒瘤，被彻底砍除了。

农业学大寨那会儿，村里人将村口那个大池塘填平了，改造成了良田；然后用了两个冬季的时间，想在乱石岗挖一个大池塘的，结果只挖了一个大坑。因为那是高地，无水。

这个大坑至今尚在，如果你去豆村，我可以带你去瞧瞧。很大的一个坑，在高岗上，朝着天空，没有水，倒像一只没有乌眸的巨眼，空得叫人心慌。

你为谁打工

年轻人夏建民是在一起车祸中认识龙夫人的。

这天凌晨,夏建民从外地运货回来,在城西省际公路梅岭段,被龙夫人的跑车撞了。龙夫人刚从都市酒吧归来,车开得很有些醉意,夏建民再三避让,但还是被撞了。不过,他以高超的车技将事故损失降到最低限度。龙夫人如果撞的是其他人的车,估计性命难保。夏建民与龙夫人都只是皮外伤,真是不幸中的万幸。对于事故赔偿问题,对于龙夫人来说不是问题。事后,龙夫人极力邀请夏建民加盟龙氏公司,专职为她丈夫龙富开车,月薪翻一番。

到哪儿还不都是为老板打工?只要涨工资就行。夏建民欣然答应。

龙富小学毕业,就随父辈去了俄罗斯;读书很笨的他,却在到俄罗斯的第一个晚上就背熟了五百个俄语单词,第二天一早便跟随父辈上街叫卖。人称"拼命三郎"。五年后龙富回国,与朋友合伙做实业,谁知实业还没落地,所有的钱就被朋友席卷一空,并在人间蒸发。"操!老子给他白打了五年工!"龙富骂完,又回俄罗斯,再次空手套白狼；又是五载，龙富再次荣归故里，并独自创建了中俄贸易的龙氏公司。最近十年间，龙氏公司突飞猛进，再生三家子公司，公司资产高达十三亿元人民币。这期间，龙富抱得美人归，娶了个小他十三岁的李碧玉为妻，在梅岭景区造了幢龙氏别墅，金屋藏娇。然后，外出打拼的人，尤其像龙富这样的成功人士，在商海中不进则退，稍有不慎便血本无归；所以，家对于龙富而言，只不过是个偶尔过夜的地方，比他常去的国际宾馆还不如呢。梅岭景区固然风景如画，天然氧吧，但对于常常孑然一人的龙夫人而言，却是百般冷清，万般凄凉，她的寂寞与空虚是任何优厚物质享受都不能取代的。

自从夏建民专职给龙富开车后，龙夫人就安心多了。龙富在国内有种种应酬，都有夏建民接送；龙富在各种高级会所应酬时，夏建民就通宵达旦守候在车内，他懂得知恩图报，总是不忘给龙夫人打个电话，发个短信，报个平安。一来二往，夏建民与龙夫人倒是成了聊友，彼此都寂寞得不知如何打发时间，聊聊天，就好过多了。龙夫人喜欢明晓溪的小说，夏建民就向她借来读一读，读后可以与她聊聊。多少个龙富不得不醉生梦死的夜晚，明晓溪的《烈火如歌》《泡沫之夏》和《旋风百草》成了他们精神的彼岸。龙富是个"拼命三郎"，在生意场上雷厉风行，说走就走，是国内与国际航班的常客；夏建民将龙富送到机场后，在等待接他回家之间，便成了龙夫人的专职司机。龙夫人古灵精怪得很，常常想一出是一出，或夜登北高峰看日出，或凌晨到都市广场喂鸽子，或南山路上泡酒吧，或去大剧院听歌剧……夏建民有求必应，他既是司机、保镖，又是随从、朋友，身兼数职；给人家打工嘛，什么都是悠着点，夏建民只是习惯了这么做，并无他想。

当然，这是他打工生涯中最快乐的时光，也是留下无数美好记忆的时光；但龙夫人毕竟是龙夫人，是人家大老板的夫人。这样的快乐总有些让他胆战心惊。龙富是个沉默寡言的人，在国内时，他无时无刻不在算计，无时无刻不在赶往某地，去见某人，去谈某桩生意；夏建民曾经不无玩笑地问过他，龙老板你何必这么拼呢？你都有这么多钱了，放到银行，光利息就花不完了。龙富却笑道，这世上有谁会嫌钱多吗？我这是给自己打工呵。夏建民笑笑，不再说什么。

一晃八年过去了。夏建民也三十好几了，他谈过几个女朋友，但每次请龙夫人参谋，总是不近人意；他一个打工者，眼界可没有她那么高。可不知为什么，但凡他谈的女朋友与龙夫人见面后都无疾而终。这些年，夏建民的月薪已经翻过几番，有了不少积蓄；他寻思着给人家打工何时才有出头之日，就想离开龙氏公司，自己去创业。几次话到嘴边，瞧着小鸟依人、楚楚可怜的龙夫人，他又把话咽了下去。终于有一天，他喝了点酒，壮着酒胆告诉龙夫人，他不想再给人打工了。谁知龙夫人勃然大怒，责问他什么意思？而后又哭泣又哀求，他的心又软了。龙夫人说："你不是在给别人打工，你是在给自己打工。"夏建民苦笑了一下，也没说什么。

这年冬天，龙富突然病倒了，连龙富自己也大感意外，昨天他还有使不完的劲儿，雄心勃勃的，要将贸易公司扩张到全球；谁知今日却横在病床上，奄奄一息，已经很晚期了，最多三个月。但他没满三个月就走了。一年后，龙夫人嫁给了夏建民，带着龙富留给她的将近二十亿资产。夏建民做梦也想不到，正如龙夫人——不，现在已是夏夫人——所说的，这些年他并不是在给人家打工，而是在给自己打工；而且，那个"拼命三郎"龙富，却成了他的打工者。

夏建民总像是在梦里，常常要李碧玉咬他一口，才从梦里痛醒；直到第二年李碧玉给他生了个大胖小子，他才确信这一切都是真的：他不但有了龙氏公司，还有了继承人。

疯狂的小区

小区是个老小区，很小，叫"鸡爪弄"，言其极小；后来弄里出了个文化人，将"鸡爪弄"改为"奇葩弄"，自以为妙笔生花，但人们颇不以为然，改了半天还不是叫"鸡爪弄"吗？现在，弄改成社区，人们还是习惯叫"鸡爪小区"。不过，老小区有老小区的好，小区里古木参天、绿草茵茵，林荫小道开不了汽车、摩托车，连自行车也都是推着走的，环境特别幽静，空气也好；虽然都是些老房子，只有四五层楼高，但家家户户因此阳光充沛，又无需爬得太高，倒是适合老人居住的好地方。事实上，这儿居住的也都是些老人，他们一天当中有大半天都是在户外度过的，从凌晨三点多钟到晚上九点多钟。

"鸡爪小区"的老人和别处的老人倒也没啥两样的，只要适合在户外活动的日子，他们就在古树下或阳光普照的草坪上，围着一张张桌子打扑克搓麻将，天南地北地胡侃，尽管是小搞搞的，但时不时地总有老人因为牌技问题干上一架，过后又和好如初，就跟孩子似的。除了牌类活动，他们更多地进行健身运动，或在林荫小道上慢跑、倒走，或赤脚走在鹅卵石铺就的健康小道上，或将腿劈到树杈上，或打太极拳、打腰鼓，或在佛音声中做着莫名其妙的动作，拍手拍脚，全身颤抖，跟发羊癫疯似的，反正什么稀奇古怪的都有，倒也不足为奇。老人们活动时，总是三五成群的，但过些时候，他们中间的某一个就不见了，被另一个所替代；这样的时候，大家免不了要唏嘘一番，但也只是唏嘘而已，谁都知道这一天说来就来的，阎王叫你三更去，谁也拖不到四更。

　　别的老人都去得无声无息，但"鸡爪小区"里有位老人却去得不同凡响，因为他活得时间长，活到108岁才去；他就成了本市最长寿的老人，便上了报纸，结果报社的热线电话被打爆，大家都想知道其长寿的秘诀。既然是社会热点，报社决定后续报道，便派记者深入"鸡爪小区"采访；结果令记者也大为吃惊，不但"鸡爪小区"的老人的平均寿命比别处高，而且过世老人的老伴还健在，她也是101岁的老寿星了。老寿星眼不瞎、耳不聋，口齿清楚，非常健谈，她说她现在每顿还要吃两大块肥肉、一碗老酒，胃口蛮好，平常跟老姐妹们搓搓麻将，有空就爬爬地。说到这儿，她甚至有些羞赧地笑道，就在家里爬爬，到外面去怕别人笑话。记者一听有门，就请教老寿星，老伴在的时候也这样吗？老寿星笑道，可不是吗？老头子爬得可快了，顺着爬，倒着爬，爬起来跟狗一样灵活，有时候故意将一条腿翘起来，可逗了；不过他也是过了80岁才爬地的，之前他可不爬。那他做什么？记者打破沙锅问到底。他用手走路。老寿星答道。用手走路？对啊，人家用脚走路，但他用手，他总是和别人两样的。记者问有没有老伴倒立行走或爬地的照片？老寿星说有啊，都是她拍的，就找给记者，记者拿了这些照片和采访材料，炒得报纸连日脱销，销量翻了一翻。

旁的不说，就说"鸡爪小区"的老人，看了报道才算明白长寿之道，他山之石可以攻玉，就纷纷照着老寿星的经验之谈，在家里偷偷地练将起来；也有胆大的，说锻炼身体有什么怕难为情的，就大大方方地在户外练开了；于是乎，一呼十十呼百，"鸡爪小区"的老人们遍地爬：年轻的练两只手走路，年老的练四肢走路，有在林荫小道上练的，也有在草坪上练的。这三五成群的老人边爬边闲话，而且在"鸡爪小区"内随处可见，此情此景别提有多奇特了。不久，有几位特殊的老人（有人说是老干部，也有人说是大老板）被秘密送到"鸡爪小区"，开始了他们像狗一样行走的生活。有几家电视台受报纸后续报道的启发，拍摄了养生、长寿等专题片，播出后轰动全国，有专家对"鸡爪小区"的长寿之道进行了科学分析，找到了中医学的理论根据和仿生学的实践成果，发表论文的发表论文，出版书籍的出版书籍，极力推广四肢着地健身法；不久，"鸡爪小区"被评为全国"科学养生示范社区"，不断有外地社区来此参观学习。小区的房价也在短短几个月内翻了几翻，但就是翻得最高，也买不到这儿的房子，你想呆在这儿的老人谁愿意出售房子啊？放着长寿不要，出去找死啊！

现在，每天都有很多人从四方八方慕名而来，有的是来锻炼的，有的纯粹为了看热闹。有一位摄影大师在"鸡爪小区"蹲了半年多，一组以《"鸡爪小区"的疯狂老人们》为题的摄影作品，不仅得了全国大奖，而且获得国际殊荣；那震撼力使得"鸡爪小区"成为全国旅游热点，到了 H 市你要是没到"鸡爪小区"，就等于没到 H 市。最有意思的是，那些游客，尤其是小游客，见老爷爷老奶奶满地爬，挺好玩的，也跟着满地爬，满地打滚；不知哪位小朋友突然"汪汪"叫，引得其他小朋友也"汪汪"叫，乐得游客们哈哈大笑。都说老人就像小孩，见叫声这般可乐，老人们也一呼百应，"鸡爪小区"里顿时一片"汪汪"声……

加塞人生

何赛西刚要从娘胎里钻出来，也不知怎么搞的，娘胎突然调了个个儿，他的孪生兄弟何赛东抢先出世了；于是他就成了弟弟，何赛西；而那个加塞的兄弟，却成了哥哥，何赛东。何赛东个大，能哭，会吃；母亲喂奶时，总是先喂何赛东，等他喂饱了，才轮到何赛西。母亲给他们俩买衣裳，在服装店试穿的，永远是何赛东，因为他个大，只要他穿得上，何赛西就不成问题。兄弟俩从幼儿园到高中毕业，都一起上学；上同个班，坐同张课桌；但俩人共用的文具、字典等，却永远由何赛东保管，何赛东高兴就给他用，不高兴就甭想。或许是孪生的缘故吧，兄弟俩常一起生病，万事都加塞的何赛东，在吃药打针上，倒是挺会"让贤"的，有药让何赛西先吃，有针让何赛西先打；何赛西暗暗咬紧牙关，最苦的药最疼的针他都不吭声，轮到何赛东则大哭大叫，大骂何赛西是个骗子。

高考时，何赛西憋足劲儿，终于考上了重点大学，而何赛东只考了普通大学，他终于摆脱了将近二十年始终加塞的哥哥。到了大学里，何赛西如鱼得水，凭借他优异的学习成绩，和近二十年来被哥哥"欺压"所造就的良好性格，很快就得到了同学与校方的赞许，在海选学生会干部时脱颖而出。就在他即将当任学生会主席的一片呼声中，某副校长的公子哥儿横插一杠，当选了学生会主席，何赛西只有屈居副职。何赛西没有气馁，但大学四年，他再怎么努力，也只是个副职而已。走上社会，何赛西这才松了口气，凭借他在大学里的历练，很快就被提为副科长，前程阳光明媚。正当何赛西伸长脖子，期待着职位的三级跳时，他身后的同事们一个个地都上去了，有的提为科长，有的提为副处，唯独他依旧原地踏步，辛苦努力工作，全让溜须拍马奉承加塞了。

何赛西不免心灰意冷，好在有美女青睐。美女是新来的大学生，到单位也有年把了，一直关注着他，但何赛西却是最近才发现的。她身材苗条、靓丽白皙、活泼开朗，是不错的对象人选；何赛西官场失意，情场得意，与美女正式交往不久，感情蹭蹭升级。这女人再漂亮，也需要有男人来陪衬；何赛西携美女进进出出，倒使美女在单位直线升热；忽然有一天，美女告别何赛西，投入年轻副总的怀里。何赛西哪里是加塞副总的对手，只无奈傻愣愣地当了几个月男花瓶。何赛西也是个伤不起的男人，想副总不就是有房有车有钱吗？套房太贵，他一时买不起，但车子总可以吧，宝马开不起，宝骏总可以吧。何赛西就买了辆宝骏，心烦时就开上高速公路撒撒气；谁知这人背时，喝凉水都塞牙，在高速公路收费站前，就有一辆保时捷加塞；出了收费站，何赛西一咬牙，奋起直追，非要赶超保时捷不可。谁知这一飙车差点要了何赛西的命，他的车子从高速公路上飞了起来。恐惧战胜了赌气，何赛西冷静下来，已吓出几身冷汗。

何赛西渐渐懂了中国式加塞，排队购物有熟人加塞，驾车行驶有好车加塞，谈情说爱有大款加塞，加薪升职有拍马加塞……放眼神州大地，加塞无处不在。何赛西不善加塞，就永远落在后面；落后是要挨打的，扛得起"吃亏是福"最好，不然就退出竞赛。何赛西做了件他一生最明智的傻事，他辞职不干了。何赛西在一片匪夷所思的目光中，在街头租了个小门面，开了家电脑维修店，兼做淘宝生意。他在大学里读的就是电脑专业，对电子产品尤为精通，电脑维修和淘宝生意还算马马虎虎；从此"躲进小楼成一统"，自己给自己打工，自己当自己的老板，虽然不能说当下社会的一切加塞都让他"拍死"了，但至少那些特闹心的加塞没有了。

  这天，何赛西正在店里忙碌，突然飘进来一位长发美女，媚眼如丝，一脸惊喜道："我找你找得好苦呵！"何赛西一愣，问道："我们熟吗？"美女说："不熟。但我知道你，何赛西。"何赛西顿时一愣，问："你怎么知道我的名字？"美女笑道："我曾经是你哥的女朋友，经常听你哥提起你，就不知不觉喜欢上你了。"何赛西问："为什么？"美女道："你哥说得越多，我就越憎恶他，越喜欢你。终于有一天我离开了他，一直在找你……"

天 敌

李云的祖父李实秋是大地主，李家村首富，十有八九的村民都是他的佃户；李三林的祖父李土根是大地主家的长工，用李三林的父亲李盼的话说，是长年受地主阶级剥削的无产阶级。这个有头脑的放牛娃，放走了大地主家的牛，参加了革命。后来，大地主李实秋就是在李盼的手中被镇压的。再后来，李盼当上了燕子河乡的乡长。十年浩劫时，李盼和李云的父亲李铁山同时挨斗，组织者要求他们相互揭发罪行。李铁山想到当年，他父亲李实秋被活活斗死，惨不忍睹，他就狠下心来，揭发了很多李盼的"反革命罪行"。这下正中组织者下怀，李盼被活活折磨而死，同样惨不忍睹。李铁山虽然保住了命，但终身残疾；最终郁郁寡欢，也是英年早逝。

巧的是李云和李三林同年同月同日生（据说这样的概率为几万分之一），换在别人，那就是缘分，但在他们却是孽缘；就像李铁山下定决心要给父亲报仇一样，李三林也下定决心要给父亲报仇，目标就是李云。更巧的是李云和李三林从小学到高中，都是同班同学；这让李三林具有太多报复李云的机会，凡是李云拥护的他都反对，凡是李云的朋友都是他的敌人。读高中的时候，有个漂亮女生对李云很有好感，她的声音也非常好听；李云对女生也是一见钟情，常常约女生在黄昏里散步。李三林要做的，自然是横刀夺爱了。他花了两年多的时间，才让漂亮女生投入自己的怀抱。结果那一年高考，李云考上省城的一所全国重点大学，而李三林和漂亮女生却双双名落孙山。李三林夺这个女生，并不是因为爱她，而是因为她是李云的所爱；现在李云离开了他的视野，让李三林突然醒悟到自己的失败，他随即也抛弃了女生，参军去了湖北。

　　为了复仇，他必须在部队里有所作为，李三林成了战友眼中的拼命三郎，三次抗洪救灾，他两次立了功。于是入党。于是推荐上军事院校学习。于是提干。于是留部队。五年后，已经提升为副连长的李三林回家探亲，从母亲口中得知，李云大学毕业留在了省城，在某机械厂工作。那个叫乔娜的漂亮女生，读了一年高复班，也考上了大学，据说在省城，又跟李云来往了。李三林的母亲在村里见到过她和李云走在一起。李三林在家只呆了两天，谎称部队有紧急任务就走了；他来到了省城，找到了读大四的乔娜。乔娜又一次相信了他，又一次投入了李三林的怀抱。李三林离开省城回部队时，非常得意地想，李云，你就是要了乔娜，那也是我用剩下的。李三林再次断绝了与乔娜的联系，他就像断了线的风筝，再也无处寻找了。

　　二十年后，团级干部的李三林转业到了省城，他别的地方都不要去，非要转到李云工作的机械厂。第二天他就了解到李云的情况，他果真和乔娜结婚了，他们还有个女儿叫李岚，和当年的乔娜一样漂亮，今年十九岁，也在厂里工作。李三林以老乡的身份拜访了李云，送了不少部队驻地特产，态度亲和。也不知什么原因，李岚见了这位军人叔叔，感觉特别亲近，尽管母亲再三叮咛她，不要和李三林来往，但她瞒着父母却和他往来。李三林转业后第二年就任厂人武部部长（科级）。第四年就任职工医院院长（处级）。李三林知道李岚喜欢吃虾，常常带她去吃海鲜。有一次李岚说她全身乏力，牙龈经常出血，李三林告诉她是维生素C缺乏的缘故，并让内科医生开了很多给她，叫她每天都吃。李岚二十四岁生日那天，李三林带她去吃海鲜，全虾宴，大龙虾、小龙虾、鸡尾虾、白虾、醉虾……第二天清晨，李岚暴毙在自己的床上，七窍流血身亡。

　　李云报了案，警方介入，经过初步验尸，断定为因砒霜中毒而死亡。但砒霜从何而来？警方展开了深入而广泛的调查。一名医学院的教授被邀赶来协助破案。教授仔细地察看了死者胃中取物，不到半个小时，暴毙之谜便揭晓。教授说：死者并非自杀，亦不是被杀，而是死于无知的它杀！教授说：砒霜是在死者腹内产生的。死者生前服用了大量维生素C，这完全没有问题！生日晚餐也吃了大量的虾，这也没有问题；问题是她同时吃了虾又服用了维生素C。美国芝加哥大学的研究人员通过实验证明，虾等软壳类食物含有大量浓度较高的五氧化二砷，和维生素C发生化学反应后，将转变为有毒的三氧化二砷，即是人们俗称的砒霜。砒霜有原浆毒作用，能麻痹毛细血管，抑制巯基酶的活性，并使肝脏脂变肝小叶中心坏死，心、肝、肾、肠充血，上皮细胞坏死，毛细血管扩张。故中其毒而死者，常常是七窍出血。

　　李岚死后，乔娜从女儿的日记中明白了死因。她找到李三林，只说了一句话，"李岚是你的孩子呀！"

养父是个跷拐儿

养父是个跷拐儿，到他摊儿上来补鞋的人都这么叫。"跷拐儿，把我这双雨鞋补一补！""跷拐儿，把我这双皮鞋钉个掌！"一个个中气十足，像是他的爷来了；养父总是慌忙地抬起头，因为长年累月弓着腰做活，他的背早就驼了，以至于看人时不得不将整个身体朝后仰，压得他屁股底下的小折凳嘎嘎地呻吟，老让人担心他会跌倒。

我最怕养母喊我去送饭，我不想和他呆在一起，看到人家理直气壮地喊他跷拐儿，看到他卑微的笑容，心里就堵得慌，就立马有低人一等的自卑。另外，我和他在一起，常常被人误认为是他的孙子，他们会指着我问："跷拐儿，这是你孙子啊？"有几个明知道我是他儿子还这么问，不知啥个道理？开玩笑也不是这么个开法！养父倒是傻乎乎的，人家说啥他都不觉得难堪，只要见到我他就高兴，就朝我笑，笑容倒不再卑微，而是一味傻笑，好像有啥开心的事儿；笑时眼睛里常有亮光闪动，想必是大街上风沙多，容易钻到眼里。

我最恨他老远就喊我，唯恐大街上的人们没有注意到我们，唯恐人家不晓得我有个跛拐儿的养父。每次我刚到他摊儿上，他就叫我把摊儿看把牢，便急煞煞地去街上那所唯一的公厕。公厕离他的摊儿挺远，人家对他说，你又不是女人，跑老大远去作啥呢？男人哪儿不能方便啊？但养父还是执意要去公厕，而且每次我一去他就急煞煞地往那儿奔，可他脚又瘸，本来走路就难看，现在因为情况紧急，走路的姿势就更变形，常常惹人哄笑。这对我而言，也是一种耻辱。因为他是我的养父。他不觉得丢脸，我还觉得丢脸呢。

总要过去很久，张得我头颈老长，才张到养父从街的那头过来，不但走得慢，而且还慢得有板有眼；一瘸一拐，一小步；一瘸一拐，又一小步……像个仪仗队员似的；他的脸上堆满了由衷的舒坦和幸福感，好像他不是去了趟公厕，而是刚从首都回来。也不知道他在公厕里洗过手没有，在接过那只凹凸不平的铝制饭盒前，他习惯地在屁股后面的裤子上擦几下双手，好像那儿藏着一口池塘，碧波荡漾。他揭去饭盒盖子，先用筷子将上面的菜粗暴地扒到一边，然后恶狠狠地扒上一大口饭，也没见他嚼一下，就咕咚咽下去；接着在菜堆里挑挑拣拣，最后夹上一点点菜塞进嘴里，好像是骗骗那张嘴似的——你看，我已经给你菜吃了，你就赶紧吃饭吧。于是，他又恶狠狠地扒上一大口饭，又嚼也不嚼地咽下去；接着再挑一点点菜来吃。吃到最后，饭盒里就剩下菜了，养父皱起眉头，用筷子指指它们道："跟你妈说过多少遍，菜少点菜少点，这么多菜我一个人哪吃得光啊。"说着从菜中挑出肉丝或香干……他认为自己吃了是浪费的菜，硬塞到我嘴里。当然，也不能说是硬塞，我也是蛮喜欢吃这些菜的。终于，养父把剩下的那些蔬菜全扒进自己嘴里，又仔细地检查过饭盒，确信饭盒里半粒饭子、一根豆芽都没拉下，才盖上盖子，装进布袋里交给我。告别时他喜欢用手抚摸一下我的脑袋，那生满老茧的手掌像石头一样坚硬，五只手指更是粗糙得像铁砂皮似的，摸在头上火辣辣的；养父每次伸出手来，我就赶紧缩身，转身就跑，他那只带有企图的手只有落空了。"慢点，慢点。"听到他的叫喊声，我故意不回头，也不答应，直到跑过几家店面，才回过头去，只见他依旧站成S形的模样，直愣愣地盯着我。

养母所在的那家福利小厂，最终没有逃脱倒闭的命运。从此，一家人吃的穿的用的包括我的读书费，就全出在养父的一双手上。他六岁做学徒，十三岁自己摆摊儿，一直摆到七十三岁，整整摆了六十年。七十三岁的养父，原本是不用在街上日晒雨淋的，但他闲不住，一天不摆摊儿心里堵得慌。这时候我儿子也已经六岁了，叫他上街给爷爷送饭，门都没有。这天中午我送饭过去，养父照例要先去一趟公厕，他去了没多久，隔壁的王老头就跑来找我，说我养父倒在公厕里。

养父查出是膀胱癌，中晚期，专家会诊的结果是，先切除病灶所在的男性生殖器，其他要等打开之后再说。我傻了，犹豫再三，只有硬着头皮摊牌。养父远比我想象中坚强。他没有二话。不做手术。他说他都这把年纪，老都老了，拿掉那东西还怎么做人呢？还算是个人吗？到时候他怎么去见我养母呢？我养母三年前就过世了，她正在那边等着养父呢。我说这怎么行呢？你不采取措施，等癌细胞扩散了就没治了。养父说你怎么知道还没有扩散呢？患这病的人他见多了，小区里那些老家伙，哪个不是死在这病上的？你养母也是这个病啊，医生说中晚期就是已经扩散了的意思，随它吧。他倒是坦然，说他现在唯一的盼头，就是什么时候过去找我养母。于是，就采取保守治疗。

养父的病是憋出来的，憋一个上午，到中午我们去送饭时，他才能去公厕解个手；然后又憋一个下午，到傍晚我们去送饭时，他才能去公厕解个手；接着又憋到晚上七八点钟，回到家里再解个手。就这样他憋了整整六十年，不憋出病来才怪呢。病灶不除，病怎么会好呢？回家不久，养父又开始尿血了，但他死活不再上医院，我托人配了些控制炎症的药，也终究无济于事；养父的病情每况愈下，只拖了三个多月，就撒手西去。

无事来生非

做学生时,我是个好学生。走上社会,我还像在学校里一样,是个好职员。只知低头拉车,不知抬头看路。这样过了几年,大家都说我是个不要事情的人。的确,我就是想做个不要事情的人。我想我做到了。

这样又过了几年,和我一道走上社会的人,都这个长那个长了;唯独我还是小职员,一个不要事情的小职员。如今社会上竞争激烈,小职员动辄就面临失业的危险。每每感叹,这个长那个长们就笑我:谁叫你不要事情的?

你不把自己当回事,别人还会把你当回事?你不跟人无事生非,别人就跟你无事生非。你当本事是什么?就是无事生非。你不要事情,人家就小看你。你来一次无事生非,别人就说你不简单。你来二次无事生非,别人就称赞你本事。你来三次无事生非,别人就拿你当大才用了。你来四次无事生非,你就可以拿人家当大才用了。懂吗?

这个长那个长都这么教育我。

我懂了。我见了谁都大声嚷嚷：叫我吴世雷，普通大学生，切记普通大学！不像有些名牌大学的垃圾货，张口我们复旦如何，闭口我们北大如何，尽丢母校的脸。其实名牌大学有的是烂学生，普通大学也有的是名学生。

一夜之间，大家都惊讶不已：这小子原来能说会道？

更惊讶的还在后头呢！同科的张三和李四抢科长的宝座，让我一个无事生非，闹得不可开交，嘿嘿，最后当科长的是我。不当领导不知道，当了领导才知道：干活的永远是职员，不干活的才是领导。于是变本加厉去生非，一个不小心就"生"了个副处。副处好啊，不用主持工作，有空琢磨琢磨人，三教九流分他个鼠辈猫辈虎辈，有朝一日主持工作，鼠辈要重用，猫辈要利用，虎辈决不能容。当然更大的优势是，有更多时间更大精力去无事生非嘛。

本想在无事生非的天地里大有一番作为的，谁知上面来了硬杠子，干部必须"四化"。唉，谁叫我厅级干部的年纪只是个副处级干部，普通大学的大腿又不及名牌大学的小手指头，现在除了会无事生非又没别的真本事；只好又做小职员，但已经做不到不要事情了。

有一天，年轻的科长对我说："吴世雷同志，你整天无事生非，好好的工作不做，组织上决定把你辞了。请吧。"

孝心痛

钱最孝是在五星宾馆送走港商后，突然心绞痛的。等他蜷曲的身体缩成一团，心绞痛却又突然消失了。就像一条疯狗突然蹿过大街不见了。手机响了。妻子告诉他，他爷爷过世了。"什么时候？""下午。"钱最孝噢了一声，傻呆呆地站了那里，半晌才明白过来是怎么回事。

钱最孝连夜赶回麦村。

爷爷像一截长不大的老桑树，弯曲在床上；树根状的脸上布满苦难的皱褶，微启的嘴唇像一道刀口。他问爷爷走时说什么，母亲摇摇头。钱最孝从烟盒里抖出两支软中华香烟，一起含在嘴上，点旺后，抽出一支塞到爷爷嘴里。爷爷嘴上顿时轻烟缭绕，他没有走，躺着那儿抽烟呢。爷孙俩在屋子里默默地抽烟。母亲抹着泪，不安地望着儿子。

抽完烟，钱最孝问村上还有什么，母亲摇摇头，村里只要走得动远路的，都出去打工了；剩下的都是老弱病残小。钱最孝说没事，就开始打电话。他在屋里打，在屋外打，一直打到天亮；这才挤着眼屎对母亲说："一切都安排妥了。我去躺一会儿。"他在床上又抽了一支烟，躺下去却始终迷迷糊糊的。

父亲死得早，母亲又有病，钱最孝是爷爷一手拉扯大的。家里吃了上顿没下顿，爷爷和母亲只有一件夜当棉被日当衣的褴褛衫，他却有两套衣裳，因为他要出门读书。村里的孩子早就不读书了，唯有他天天书包里塞一只生地瓜，跑去镇上读书。他在学校里被人欺侮，在村里又遭人嘲笑。他本来就榆木脑袋，读不进书，就成天在外面鬼混，混成了小流氓。倔犟的爷爷在派出所里像孙子似地给人长跪不起。当得知自己读书所花的钱，是爷爷一次次卖血换来的，钱最孝开始发奋读书，最后考上大学，读了服装设计专业。他发誓要让爷爷和母亲穿上世上最漂亮最温暖的衣裳。

第二天，一支专业哭灵队从县城远道而来。哭灵队员都在县文工团呆过，在钱家院子里一拉开架势就震动了麦村。她们唱着哭，哭着唱，一会儿是《黛玉葬花》，一会儿是《宝玉哭灵》，听得全村老少如痴如醉。接着，厨师队也来了，不是一个，而是一群，除了桌凳，其他家伙包括七荤八素的原材料，载了满满一车。接着是红木棺材。那么大，那么亮，艳红艳红的，棺材两头描有金色龙虎图案，将麦村人的眼睛都拉直了。接着是剃头师傅，给爷爷理了发，刮了胡子，修了脸，白白净净的。钱最孝也剃了个光头。剃头师傅问他确定要剃光头吗？钱最孝红了眼，点点头。剃了光头的钱最孝走到哪儿都是最亮的。

中午十碗头，晚上十碗头。吃得久旱逢甘雨的全村老小无不痛哭流涕，都说钱老汉这世人做着了，有这么个大孝孙子。但钱最孝独自蹲在村道上，听着哭灵队咿咿呀呀的，不禁皱起眉头来。他是想借他们的眼泪和哭声，来表达失去爷爷的悲痛；但他怎么听，都觉得没有表达出来，他又一阵心绞痛。

钱最孝大学毕业后，在县城一家服装公司工作，很长一段时间都默默无闻，直到被董事长的千金青睐。但钱最孝越发痛苦了，他偷偷地回了趟老家，向爷爷吐露心声。爷爷将他一顿臭骂，上门女婿算什么，男子汉大丈夫以事业为重。于是，钱最孝就成了董事长的乘龙快婿，后来有了儿子，姓丁；后来又接了老丈人的班，成为服装公司的董事长。

但他总觉得对不住爷爷，对不住本家祖宗。

第三天，又一支专业哭灵队来到麦村。钱最孝让两支哭灵队摆开擂台对着哭，看着他们一把鼻涕一把眼泪哭天抢地的样子，哭了一天又一天，他这才咧开厚厚的嘴唇，满意地付给他们双倍的酬劳。到了出丧这天，又来了一支乐队和抬棺队，在咿哩哇啦震天响的音乐声中，爷爷所睡的红木棺材从麦村出发，远远地走出去，到三里路外的米字乡镇上绕过一圈，又远远地走回来，最后埋在钱家屋后的麦地里。那儿砌起一座漂亮的砖瓦小屋，成了爷爷那边的家。

丧事结束后，钱最孝回县城检查身体。心脏没有问题，但那像疯狗一样的心绞痛，却始终咬住他不放，冷不丁地就会来那么一下。爷爷"五七"那天，钱最孝带上那只纸板箱，一早就回到麦村。家里做了一天佛事，直到傍晚才结束。爷爷生前所穿的衣服、使用过的物品，统统在路口烧给了他。钱最孝还从县城带来一车纸扎祭品，有汽车、洋房、美女等等，应有尽有，让爷爷在那边过上富人的生活。夜深人静时，钱最孝独自扛着纸板箱，举着一支蜡烛，来到爷爷坟前。他点了两支软中华香烟，一支倒立在爷爷的碑前。然后打开纸板箱，从箱子里取出一张树叶，点燃，烧在爷爷坟前；接着是第二张、第三张……

整整一箱树叶,是他小时候和爷爷坐在院子里,借着月光剪的。他们将树叶剪成自己向往的小衣裳,想象着穿上它们的模样,就都笑了。那些年,爷孙俩捡回家各种各样的树叶,剪成各种各样的小衣裳。他们边剪边憧憬着未来,有穿不完的新衣裳。但是,直到爷爷过世,钱最孝也没有给爷爷设计过一套衣裳,他还是穿着村里老人穿的普普通通的寿衣走的。

钱最孝烧着树叶小衣裳,烧着烧着,突然又一阵心绞痛,消失了十多年的眼泪顿时夺眶而出。他终于有了失去爷爷的悲痛,他没有动,静静地让眼泪和着悲痛疯狂地从他的体内喷涌而出……

愚人节里的情人节

愚人节那天,老板群发朝令,全体员工立即到大厅集合;尔等将信将疑,恐其有诈,又不敢违抗,遂小心前往,谁知老板大发慈悲,竟率领大家到湖光山色间野炊,并突发奇想,举行一次"智慧"杯愚人故事大赛,让尔等挨个儿讲述自己一生最愚蠢的事情,最后评出三位优胜者,每人将获得四千元大奖。

此言一出,众情激扬,明知今天愚人节,大家还是冲着四千元大奖,心动不如行动,纷纷道出自己的蠢事。有说自己被骗财骗色的,有说自己丢了西瓜捡芝麻的,有说自己被炒鱿鱼的,有说自己……可见世上的聪明都是一样的,愚蠢却各有各的不同。轮到我时,我自然当仁不让。

三年前,我大学毕业,与漂亮女友(同学)一起来到蜜市,在一家小公司就业;第二年情人节前夕,我和老板出差邻城。一天晚上,我独自逛跳蚤市场,觅得一件价钱不贵但非常精致的饰品,想在情人节作为定情信物送给女友,谁知回到旅馆后被老板强行掳去。回到蜜市后,我另买了一件礼物给女友。情人节过后,我忽然发现女友的手机上挂着那件别致的饰品，问女友，方知是老板所赠。我一气之下，强拖着女友去责问老板，还炒了老板的鱿鱼。当然，炒老板鱿鱼的，只是我一人而已。女友则深知当下社会找个工作不易，老板对她不薄，不想步我的后尘；她非但没有与我共进退，还骂我鲁莽行事，将来成不了大事。

好马不吃回头草，我只有悲怆而去。此处不留爷，自有留爷处。又自慰天生我材必有用。但工作难找啊，几经山穷水尽，我才总算找了一份工作。但不知为什么，干得好好的，没过多久又丢了饭碗。老天好像见不得我过安稳日子，无缘无故又失业了。那时女友早已弃我而去，和那个老板结为连理，我这才明白，老板从我手上掳走那件饰品，又明目张胆地赠予我女友，是故意的，用的就是激将法，就是要我自动消失。其实他们早已明修栈道、暗渡陈仓，难怪当日女友与我分道扬镳，是那么的毫不留情。

我的蠢事讲完了，大家纷纷鼓掌。

或许大家的蠢事都过于平淡了，我竟然成了三位幸运者之一。老板许诺明天一早，让我们去公司财务室领取大奖。我们三位依旧将信将疑，毕竟，今天是愚人节，而且明天的事谁能料想得到呢？夜长梦多，一夜之间存在着太多变数。但是，第二天一早，我们三位宁可信其有，还是小小心心地去了财务室。苍天有眼，我们终于领到了四千元大奖啊。

与此同时，我们被告知，由于国际金融危机，公司入不敷出，人满为患；老板鉴于全体员工都非常优秀，不知裁谁合适，便出此下策，敬请我们三位另择高枝。这四千元大奖，便是给我们的安置费。就这样，我第三次失业了。

喊 人

别说朋友，我现在都不认识人了。原因，就因为我喜欢喊人。

我刚从农村来到城里时，认识很多人，有很多朋友，也因为我喜欢喊人，我见到张三喊张三，见到李四喊李四，大家一来二往就成了朋友。那时候我喊人，完全是我们村里的喊法，喜欢称呼里带绰号，像张麻子啊，李拐子啊。大家也没啥。后来，我注意到城里人不这么喊。这么喊不文明。于是改口直呼其名，连名带姓。我是这样想的，既然人取名字，是为了区别于别人，具有其唯一性，那就得这么喊。人家喊我许仙，我就很高兴。我这么喊，大家也没啥。但是我喊起来就觉得别扭，这才觉得别人也不这么喊。

人家怎么喊呢？人家喊人，只用了姓，后面带的，要么职务，要么职称，而决不是人家的大名。见了张三，他们喊张科；见了李四，他们喊李处。如果被喊者官更大，就连姓也"忌讳"了，只敬称老总、老什么的。我注意到这样喊人效率高，有一回我喊王五，人家硬是当作没听见，我一喊王主任，人家就应得爽了。于是我也张科啊、李处啊、王主任啊地喊；另外，没有职务的，就按职称喊，钱高工啊、章工啊地喊，凡是职务职称中带个"副"或"助"字的，一律忽略不计。这样喊了一段时间，我发觉又不灵了，很多人明明听到我喊，却当没听见，头也不低一下，来看一眼喊得起劲的我。

我发觉这个世界变化快，不少单位几块牌子，一套班子，一个人头上的乌纱帽少说也有七八顶，你得照最大的那顶喊才灵，不然无效。无奈我既不是戴笠手下的，又没有克格勃的本事，而且人特木；见到人又喜欢喊，但朝人张大了嘴却不敢发声，脑子里两只手拨来拨去，还没有算出到底该喊人家什么长好。人家耐着性子等了我半天，想我好歹发点听着顺耳的声音吧，谁知连屁都不放一个，本来就脸阔，现在自然更阔了，顿时拂脸而去，从此没有好脸色。我是一个知错必改的人，知道自己缺心眼，就备了笔记本，将张三李四王五等按姓氏笔画多少为序，一一列出他们长到几级，工有多高，随身带着；进进出出时，两只眼睛如小偷踩点似的，远远地瞧着前方有谁，就偷偷地（不让人看见）掏笔记本，将要喊的人职务或职称的最高级别牢记在心，嘴里念念有词，如高中生背英语单词，做到胸有成竹，大步流星地冲上前去，朝前方的谁喊得响亮。

可问题是我高度近视，戴的眼镜，左眼八百度，右眼一千度，再加上这些年气候反常，经常不该雨时雨，不该雾时雾，搞得我喊起人来常常张冠李戴，把张科喊成李处，倒也罢了。难的是把李处喊成了张科，不但改了人家的姓，还平白无故地降了人家一级，这不喊出事情来了？你说我这不吃错药吗！正当我百般为难之际，喊法又变了。我不知道这一时尚是不是由我首创的，即善意的张冠李戴喊法。喊人时，人家明明是张科，我偏喊张处；人家明明是李处，我偏喊李部；职称也依此类推，技术员一律喊工程师，工程师一律喊高工，高工该喊什么，我还不清楚，等弄灵清了再告诉你。一经发现这么喊，我心里特高兴，因为我把笔记本的内容基本背下来了，再上浮一级，这本是错喊，或许可以掩盖我的喊错。

谁知实践起来更麻烦，一来我不太清楚职务等级的严格划分，二来不懂得具体问题具体分析，个别喊法个别对待。比如我喊张科喊张处，却糊里糊涂地喊了张部，一下子拔过了头。这就犯了大忌。张科就认为我在讽刺他，是不是他科了好几年还没有上去，我幸灾乐祸了？有机会他不给我穿小鞋那才怪呢！再比如张科在官场上走狗屎运，科都快保不住了，我还口口声声喊他张处，这分明是在挖苦他。而最艰难的是喊那些准官人，即预备官员，目前他还是一介平民，但如今平步青云的方式方法多了，哪天他一不小心就"高就"了呢，所以你得先喊起来，你得替他琢磨着该喊章科好呢？还是喊章主任好？

这些复杂的门道儿我还没有摸到边儿，喊法又变了。我唯一的一个知心人告诉我，现在只剩下一种喊法了。即一个人站得笔直，甚至笔直得有些矫枉过正，眼光的末梢搭在天际的某朵漂亮的云彩上；而他的面前，比如就站着我，我得做类似弯腰双手碰鞋尖的动作，前襟长后襟短，仰视，脸上带打心眼里冒出来的幸福感，甜甜地喊一声：×长，然后敬候他的回音。此公的回音一般从鼻腔里出来：嗯——！至此，我才能如闻仙乐地离去。知心人说，就剩下这个喊法，除此之外，大家烦着哪，谁还有闲心思打缺油少盐的招呼。听了这席话，我心里格登了一下，糟了，早年我在山上造房子时弄伤过腰，这个类似弯腰双手碰鞋尖的动作做不了了；强迫自己硬这么做，而且我也偷偷地试过一次，腰痛得难做人，满脸狰狞。我想，这么张脸去喊人，岂不是想拿自己开涮吗？若是让我叉个腰站得"矫枉过正"，那倒是没什么。但我有这个资格吗？从此就不敢喊人了。不喊之后,我才发觉过去我喊人,纯属自作多情,像我这样啥也不是的鸟人,谁要来认识我啊!所以到现在,我别说朋友,连认识的人也不太有了。

憨　叔

憨叔年轻时为朋友两肋插刀，结果把自己"插"到了遥远的青海。

等憨叔从青海回来，工作没有了，老婆也没有了。听街坊邻居说，他进去没两年，女人就拖着儿子跟人走了。等待憨叔回家的，唯有铁路边那间父母留给他的简易房。憨叔在火车一来就天晃地摇的房子里，恍恍惚惚地睡了两天后，才找回一点过去的感觉。第三天清晨，憨叔推门而出，旭日普照，他笑了。憨叔没有去找过去的朋友，而是去找工作了。但有过那种经历的憨叔，工作就没有那么好找了。

憨叔找来找去找了很长时间终于找了一份工作。这份工作还是憨叔自己给的，就是捡垃圾。有时生存很艰难，身无分文的憨叔差点饿死；有时生存很容易，你只要捡一些有价值的垃圾就成了。于是，憨叔开始了他长达四十余年的捡垃圾生涯。一把铁钩子，一只蛇皮袋，随心所欲地荡悠在城市的腹地与边缘。让憨叔感到自豪的是，他靠捡垃圾不但能养活自己，还稍稍有点积蓄呢。

每当日薄西山，憨叔孤零零地回到家里，坐在门前，直愣愣地望着轰隆隆而过的列车，就情不自禁地想他的女人，想他的儿子。他们现在不知在哪儿了，不知过得好不好。但想归想，憨叔还是觉得女人带着儿子走了的好，要是在他身边，他还不知道怎么养他们呢！他想他们会得到幸福的。一定会的。寂寞的时候，憨叔就到不远处的火车站转转，那儿有个很大的广场，那儿每天都有很多人，都很面善，没有街坊邻居鄙夷的目光，也没有穿制服的在白天时的歧视。这里的空气自由舒畅，他突然喜欢上了车站。

这以后，来车站广场走走，成了憨叔忙碌一天后惬意的消遣。

一天晚上，憨叔正在车站广场转悠时，碰到了一件令他气愤的事情。一位抱着婴儿的年轻妇女，一边哭泣，一边见了人就下跪，她说她的包被人偷了，身无分文，走投无路，恳求人家能借她十五元买张车票好回家，回家后她一定加倍奉还。但她朝谁下跪，谁就一脸憨叔所熟悉的鄙夷相，像避瘟神似地躲开了。憨叔愤怒了，他冲过去一把拉起年轻妇女，大声吼道：你干什么？做人最值钱的就是膝盖，你怎么可以为了这点钱就不要膝盖了呢！憨叔说着把身上仅有的二十元钱全给了她。女人愣愣地捏着憨叔给的钱，双腿情不自禁地又弯曲了。憨叔火了，不许跪！

又一天晚上，憨叔从车站广场回来，沿着铁道慢慢踱回家时，忽然听到黑暗深处的呻吟声。他寻声找去，发现一个流浪男孩躺在两条铁轨间，满嘴胡话，额头烫得吓人。憨叔想也没想，就把他背回家了。当孩子软绵绵地偎在他的怀里睡着时，憨叔流下了一个汉子的眼泪。流浪男孩起来后，就和憨叔一起捡垃圾，他管憨叔叫爸爸。

白天，憨叔带着男孩去工作。

晚上，憨叔带着男孩去车站广场玩耍。

他们经常帮助那些有困难的旅客，也常常将无家可归的流浪汉带回家。得到过他们帮助的旅客中，有潦倒的企业家，有绝望的官员，有遭遇意外事件的知识分子、普通旅客……他们都不忘憨叔的恩德，有的后来特地来找憨叔，要给憨叔很多很多钱，要带憨叔去享受富贵的生活，但憨叔都婉言拒绝了。他帮助别人，从来没有想得到别人的回报，也拒绝别人的回报，不然就是玷污了他做人的尊严。

憨叔依旧快乐地捡着垃圾，依旧快乐地帮助别人。

有一天，被憨叔帮助过的人们自觉地组织了起来，他们有著名的企业家，有电视台记者，有作家，有教师，有工人和农民，他们都是有心人，在这个普通而又不平凡的日子，聚集在一起，在一家高级宾馆租了场地，请来了电视台，安排了隆重的生日宴会，要在一起给憨叔过七十岁大寿……正当高级专车去接憨叔时，早已身患癌症的憨叔，却在义子的怀里，悄悄地离开了人世间。

第五辑・生活纪事

暗疾的大地

老爷子出生在贫穷的小山村，世代掰糈屁股过日子，比不得富人家的孩子可以拼爹，甚至可以拼爷；他是断了奶，就得自己找食吃。但老爷子不怨天不怨地，更不怨爹和娘，他吃苦耐劳，起早贪黑地四处觅食。无奈穷山村食物稀少，常常饱一顿饿一顿。老爷子穷则思变，凭着一股子蛮劲，毅然离开穷山村，到物资相对丰富的平原打拼。那时候山外也穷，讨生活不是那么容易的，今天被称为绿色食品的时髦货，那时候根本不值几个钱；今天所谓野生的，那时候只是穷人的食物。老爷子就是吃野生长大的。但他省吃俭用，靠卖野生所赚的那一点点钱，日积月累，终于在外面站稳脚跟，有了自己的房子；也有了老婆和孩子。

吃得起各种苦，是老爷子生存的法宝。老爷子凭着自己勤劳的双手，不但在异地支撑起一个家，还办起了小厂。小厂仅仅让老爷子一家脱离贫穷，让三个儿子有条件接受良好教育。就在三个儿子长大成人时，平地一声春雷响，改革开放了；三兄四弟一条心，门前泥土变黄金。他们敢闯敢拼，小厂变大厂，大厂变公司，公司上市了，老爷子家大发了。等老爷子抱上孙子，他们已经住进高档别墅，坐的是香车宝马，吃的是大厨特制，喝的是人头马XO洋酒……过的是奢侈生活，俨然是都市贵族。对于事业，老爷子早就放手了，全由儿子们闯去，他们有知识有文化有胆识有魄力；他闲着就养养花种种草，过着淡泊的生活。

至于孙子们，完全是一代可以拼爹的孩子，穿的是时尚衣饰，吃的是精美食品，坐的是高档轿车，上的是最好学校，才十二三岁就一个个漂洋过海，留学欧美。他们飞来飞去，坐飞机比坐公交车还随便；从国外回来，那一嘴洋文，听得老爷子直翻白眼，那叫一个利索。当然，孙子们都非常孝顺老爷子，在家总是缠着老爷子讲那个遥远而又贫瘠的小山村，那些匮乏而又野生的食品，那种清苦而又简单的生活……他们总是大惊小怪的，赞叹偏僻而又清静的山野，赞叹昂贵而又健康的野生食品，赞叹简单而又淳朴的生活……凡是老爷子当年苦不堪言的一切，如今都成了他们可望不可及的幸福指数。

老爷子六十大寿那天，一家十几口人，齐刷刷地聚集在豪华大酒家，为他庆祝；上的都是空运来的野生食品，原汁原味的五谷杂粮，野生野长的山珍海味；儿孙们雀跃欢呼，大快朵颐，但老爷子却傻眼了，筷头指这指那道："这不是我当年吃到吐的野草苦菜吗？这不是我当年在山溪里捞的猫鱼吗？这不是我当年……"老爷子再一问价格，价值连城，惊得合不拢嘴。儿孙们都笑他大惊小怪，他们还吃不起这顿饭吗？老爷子生气道："我不是怕花钱，而是这桌菜太不值了。这种东西，在老家随便找找好了。"大家又笑他老观念老糊涂，现在你到哪儿去找这么好的绿色食品呀？

老爷子却不信这个邪，生日过后，身体倍儿硬朗的他，提出要回老家去，并向孙子们夸下海口，他回去之后，包他们天天有野味儿吃。儿孙们知道老爷子脾气倔，也就随他去了。当年的穷山村如今已旧貌换新颜，青山绿水，红瓦黑砖，一派富裕和谐的景象；老爷子即行即叹，感慨万千。乡村领导带着远亲近邻夹道相迎，老爷子方知自己在老家已是名人，乡亲父老热情似火，轮番宴请，老爷子见满桌都是和城里一样的美味佳肴，不但破费，而且倒胃口，就劝主人搞点农家菜家常菜即可，谁知主人面露难色道："我们现在都脱产了，吃喝拉撒用都是从城里买来的，你想吃点农家菜家常菜也真无法办到。"老爷子纳闷了，问："这儿不是山村吗？你们不种地不搞副业拿什么生活呢？"主人笑道："土地山林全让人征用了，我们坐坐就有吃的。"老爷子惊叹不已，在山里转悠了数日，总觉得这山水瞧着养眼，但少了些什么（山上无鸟，溪里无鱼），又多了些什么（绿林里到处是神秘的建筑物，围墙高筑，严禁路人入内）。这天，老爷子逛山逛累了，口渴，就像小时候那样蹲在溪边，掬水而饮，谁知没走几步就腹痛难忍，昏倒在山道上。所幸的是乡亲们发现及时，送医院洗胃灌肠，总算保住了性命。经化验，胃液里有剧毒物质。老爷子被护送回家。但他天生倔脾气，不久又潜回老家，在山中挖了些野草苦菜，叫旅馆加菜，结果他又一次被送进医院。

现在，老爷子足不出户。就是天上飘过一朵云，他也害怕有毒；老太婆就笑话他："一朝被蛇吃，十年怕井绳。"他说："那可不一定，云是地表水蒸发上去的水蒸汽凝结而成的，你说外面的地啊水啊植物啊都有毒了，这云还能没毒吗？"他给他的花花草草安装了巨大的玻璃棚，使用净化过的空气和水；他自己也每天生活在百花盛开的玻璃棚里，享受那儿绝对安全的阳光、空气和水。他坚信玻璃棚外的世界都是有毒的，只是我们无法察觉而已。

景阳岗纪事

大山很美,名叫景阳岗。景阳岗上有条新狼,乃是刚落草在此的山大王。这就叫山中无老虎,新狼称大王。这天新狼在深山中转悠了半天,也觅不到有啥可口的食物,正饥肠辘辘懊恼不已之际,忽见山外来了一群黄猫(这群在山外过着舒坦生活的黄猫,是到深山里来发大财的?)。新狼数了数,有二十四只。新狼一时拿不定主意了。这么多猫,不好下手呢!

听说山外富得流油了,自己连个温饱都成问题,新狼狠狠地扇了自己一耳刮子:狗日的,你怕什么呢?如今这世道是撑死胆大的饿死胆小的。于是新狼壮着胆儿,将抖抖擞擞的罪恶的爪子伸向跑在最后面的黄猫。活剥生吞,一只舒坦黄猫让新狼狠狠地吃了个精光,大快朵颐哪。其余的二十三只黄猫在远远处张望,它们丝毫没有要为难它的意思。这让新狼心里乐开了花,它取了根猫骨,边剔牙边哼着山野小曲回山寨去了。

新狼弄不懂这群黄猫为什么不出山去过它们的舒坦生活,而让自己每天美美地享用一只。这舒坦日子养出来的猫可肥了,也没有穷山恶水中的野猫那股冲天的骚味，味道好极了。就这样新狼吃了二十四天，把自己滋润得都光冒油不冒汗了。第二十五天清早，新狼往山深处边行边嚎，温饱的日子过久了，它就找个狼姑娘……可走到天擦黑，新狼唯一的收获就是脚板上全是水泡。正当新狼又饥又渴又困之际，忽见那边的山溪边有一只大黄猫；新狼高呼一声"哇噻！"扬起满是水泡的四蹄，向它的美味冲过去。

新狼终于不饥不渴又不困了，它也不用找狼姑娘了。它做了大黄猫的美味。它死都不知道那只大黄猫，不是猫而是虎。它真是条幸福的新狼。雅虎大快朵颐后，取了根狼骨边剔牙边哼着山野小曲《我要回家》，摸索着照新狼的来路来到了美丽的大山景阳岗，做了景阳岗上的山大王。这就叫山中来了虎，谁敢称大王。

雅虎到景阳岗的第二天下午，转悠到过山道边的林中，但见山外来了一群黄人（这群在山外过着舒坦生活的黄人，扛袋的扛袋，挑担的挑担，推车的推车，个个都脚步沉重，汗如雨下，也不知结伴去哪儿？）。雅虎数了数，有二十四个。雅虎一时拿不定主意了。这么多人，不好下手哪！

听说山外都富得流油了，自己连个温饱都成问题，雅虎狠狠地扇了自己一耳刮子：猫日的，你怕什么呢？如今这世道是撑死胆大的饿死胆小的。于是雅虎壮着胆儿，将抖抖擞擞的罪恶的爪子伸向跑在最后面的黄人。好一阵活剥生吞，一个黄人就让雅虎狠狠地吃了个精光，大快朵颐哪。而其余二十三个人早已逃得无影无踪了。雅虎到山溪边以水代酒又喝了个痛快，这般饭饱酒足之后，不免纳闷这群过着舒坦日子的山外人在倒腾个啥呢？于是雅虎回到过山道上，把果腹的黄人及同伴们遗下的袋啊筐啊的翻个遍，却是比石头还沉重的石头，黄的黄白的白，但有什么用呢？雅虎咬了咬，不能吃，就朝黄人逃跑的方向眺望了一眼，骂了句粗话，回山寨休息了。

雅虎弄不懂黄人为什么明知山有虎偏向虎山行？就为那吃不来用不来的黄白石头？但雅虎也不想弄懂它，反正他们几十个一群甚至上百个一队，它也照吃不误。雅虎一天美美地享用一个黄人。这舒坦日子养出来的人可肥了，也没有穷山恶水中的新狼那股冲天的骚味，味道好极了。就这样雅虎吃了二十四天，把自己滋润得都冒油不冒汗了。第二十五天后，听说山下那酒店前贴满了官府的告示，严禁黄人上山了。果然，一连好几天过山道上冷冷清清，一个过路人都没有，气得雅虎鼻腔里冒烟；你不知道用过山珍海味中的极品——人——之后，山中那些小烂货雅虎就是饿死也看不上眼了。

突然有一天，雅虎闻到那股熟悉的酒香，就是山下那店里三碗不过岗的佳酿。雅虎定睛望去，但见一个身上还有点肉的黄人横陈在老松脚边的盘石上，醉如烂泥，鼾声似雷。雅虎不由得乐了。往日那些清醒的黄人，取他们的性命都犹如囊中取物轻松得可以；今天这糊涂的家伙岂不是小菜一碟。雅虎心里乐开了花，迈着华尔兹的舞步扑向它的美味。

雅虎死都不明白这个醉如烂泥的黄人，比几十个上百个清醒的黄人都厉害，自己竟活活地丧生在他的赤手空拳之下。雅虎不知道这个人的名字，但他却因雅虎而名闻天下。他就是网络黑客武松。

孔乙己后传

一

那年，孔乙己离开鲁镇后，在乡下东游西荡，有天在东头村的小店里买包袋装酒吃，习惯性地用手指蘸了酒水，在桌上向村人讲解茴香豆的茴字有几种写法时，正巧被村小的王校长撞见了，于是孔乙己顺理成章地到东头村小学做了代课老师。王校长在肯定孔乙己的学问之后，表示只要他好好代课，诲人不倦，在农村广阔的教育战线上干出成绩来，他就可以从代课老师转为民办教师，继而转为公办教师……也是有可能的！校长的一番话，说得孔乙己心潮澎湃，大恩不言谢，趴地就磕头。

从此，孔乙己就在村小代课，教三四五六年级的国文课。前程是光明的，道路是曲折的。孔乙己兢兢业业地教了许多年，生活简单而又沉闷，学生们太小，没法跟他们讲解茴字的几种写法及其它；而同道的教师们，家家都有家庭工厂，哪有闲功夫听他啰嗦。再说他一个末流的代课老师，听说还有诸如"窃书不算偷"的"光荣历史"，大家都"敬"而远之。沉闷归沉闷，无聊归无聊，孔乙己还是庆幸自己有了这份工作，有了这份固定的收入，尽管微薄，但天天有口淡酒吃，就胜过一切了。

安逸的生活，日子过得就快，一晃竟然五年过去了。这些年里，乡村经济蓬勃发展，人们生活发生了翻天覆地的变化。这天孔乙己多喝了两盅，加工资了吗！如今的孔乙己早已不在小店里喝酒了，而是打酒回家再饮；不再喝袋装酒，而是喝瓶装的加饭酒了。多喝了两盅的孔乙己，忽然起身，兴冲冲地朝校外走去。他来到村街道上，街道上一片辉煌的霓虹灯，迷了他的眼，他一脚高一脚低地摸进了一家休闲坊。当一位花枝招展的小姑娘扶他上楼时，在楼梯上碰到了一个人，他一惊又一喜。

那个晚上他过得很充实。

第二天，孔乙己想自己代课多年，也该由代课而转为民办了吧？再说有了昨晚的遭遇，应该是个机遇了吧。于是，他上完一节课，就兴冲冲地来到校长室，王校长满脸堆笑，说："老孔你来得正好，我正要去找你呢。"他起身拍拍孔乙己的肩膀，颇有称兄道弟之意，神色暧昧。孔乙己忙说："校长你找我有事吗？"王校长讲了一下学校师资办量过剩与更新的问题，孔乙己马上就懂了，他说："昨晚我可没有碰到王校长，真的没有碰到。"王校长说："不关昨晚的事，我给你多领三个月的工资，今天就走人吧。"

孔乙己终于离开了东头村，他有些惆怅，又有些兴奋。怀里揣着一笔钱，孔乙己步伐坚定地朝省城走去，他没有回鲁镇，也不想回去。

二

孔乙己离开鲁镇后,在东头村小学做了五年代课老师,后来因为一次醉酒,一时性起,去了一家休闲坊,结果碰到了本校校长,第二天只得卷了铺盖走人。但孔乙己没有回鲁镇,而是怀里揣着王校长多给的三个月代课费,兴冲冲地来到了省会城市。孔乙己到了大城市,一时口渴,见路边有酒吧,进去喝了几杯百威啤酒,竟然花去了一个月的代课费,吓得他直喷嘴,想不到这么贵。付钱时,孔乙己将酒钱在收银柜上一字排开,感慨道:多乎哉,不多也!从此,孔乙己在省城买酒喝,总要先问清楚酒钱。

然而省城乃是酒天花地的地方,孔乙己那几个钱哪经得起花呵!不多时,他就一身清白了。饿了两天,不得已,孔乙己也跟人拾起了破烂,西湖边捡易拉罐,居民小区捡纸板报纸,倒也每天总有点收获,自力更生,挣碗酒喝。为此,孔乙己感到特别欣慰,这完全不同于窃书,而且比教书(代课)自由,所以他很知足了。除了喝酒,他把钱一点点地积起来。到了年底,和他住一起的老金要回家了。老金是收破烂的,有辆旧三轮车,就半送半卖地给了孔乙己,包括杆秤。老金说他明年就不回来了。孔乙己又惊又喜,当晚置了些酒菜,给老金钱行。第二天,老金将孔乙己带到黄花弄生活小区管理室,付金签约,获得了来年在该小区收拾破烂的资格。从此,孔乙己过上了安逸的生活。

从第二年开始,孔乙己就一直在黄花弄生活小区收破烂,生活轻松,收入也高,比过去不知好多少倍了。在他们那一行中,他又结识了从鲁镇来的老乡，鲁妈。鲁妈有过二次不幸的婚姻，现独自流落省城，以捡破烂为生。孔乙己和鲁妈相识之后，两人感情诚挚，颇有相依为命之感。如今已水到渠成，同居一室了。这年年底，孔乙己意外地被请到当地派出所，被请去的人共有八人，都和孔乙己一样是收破烂的，大家正在诚惶诚恐之际，所长却给他们开了个小会，讲了讲治安的重要性，希望得到他们的帮助——提供小区的安全信息。为此，所长还给他们下了烫金的聘书呢，聘请他们为安全信息员。会后还请他们吃饭，那顿饭孔乙己吃得不知有多开心呢。

这以后，孔乙己带着鲁妈在小区里收破烂时，就多了双眼睛，多了一个心眼，一有可疑的情况，就立即让鲁妈报告小区值勤民警，然后通过安全信息网络，向当地派出所汇报。有一天，孔乙己见三个陌生人在小区公园的凉亭里鬼鬼祟祟的，孔乙己一报告，逮到派出所一查，居然是三个"白闯"在分赃。孔乙己被聘为小区安全信息员的第三年，因为成绩突出，又被聘为小区名誉居民，喜得孔乙己夜里搂着鲁妈想，哪天他挣够了钱，在此买套房子，做个真正的省城居民。

老氓在路上

老氓怀着走过去的良好愿望，徒步穿越一个平原。平原上是无穷无尽的沉静。天空中有一只白乌鸦一声不吭地飞过。白乌鸦和老氓同时向西而行。一会儿，白乌鸦飞得无影无踪了。时间在流逝，老氓听到潺潺的水流声。他又穿越了一个村庄，农民们站在门洞里，望着他从东而来，向西而去。道路是无尽的，并不因为老氓日夜不停地行走，而有丝毫的缩短，或增加。老氓之所以夸父追日般地行走，是因为静止、睡眠和死亡，都让他躁动的灵魂痛苦不堪；像有一个神在他的背后催促他：走过去！走过去！

老氓从未幸福过。但幸福就在他的身边，时时刻刻贴身跟着他，围着他狂舞，并投影在他的道路上，让他能够看见，让他的眼睛被幸福烧得贼亮贼亮的，拼命地追赶它。但他走，幸福也走，幸福似乎只能靠近，却不能触摸。老氓为此穿越了七个平原。老氓穿越了七个平原后面的七个大海，七个大海后面的七个沙漠，七个沙漠后面的七座大山……日子、季节、岁月，一代代人，一个个世纪，在老氓脚下经过；他所预测的所有事情，一件接一件，全部都成了事实。山是圆的，老氓从山东脚上去，到山西脚下来，发现自己就站在老地方。老氓看到一只白乌鸦飞过,它没有朝谁吭一声,又飞到他的面前去了,不见了。老氓和一个迎面而来的路人,一个鹰钩鼻的男人有过一些磨擦。他让到路南,他也让到路南;他让到路北,他也让到路北。结果两人都为了给对方让路,反而挡住了对方的路。鹰钩鼻不知骂了他一句什么,肯定很难听,老氓转过身去,朝他远去的背影吐了一口痰。

穿越一个个村庄之后,平原消失了,取而代之是七条河流,七条河流后面的七个大海,七个大海后面的七个沙漠,七个沙漠后面的七座大山,七座大山后面的七个平原……农民们站在门洞里,默默地望着他从东边而来,向西边而去,阳光悉数照在他佝偻的背脊上,红彤彤的。上午,他面前的影子拉得很长很长;中午,他几乎看不到影子了;下午,影子又一点点地拉长了,但已经落在了他的身后。老氓看不到幸福,但影子贴身追随着他。大地上的动物、植物,天上的星光,飞过山岗的百灵子,甚至那悄悄流过草地的小溪,老氓对它们天生有一种心领神会。老氓和它们对话:所有的鱼别呆在一条河里,要好好守着自己的水,别让它们跑了;不是鱼的人,请不要跟鱼亲近;弯曲的河流要弯曲地游,笔直的河流要笔直地游。老氓已经第三次看到白乌鸦了,应该是同一只鸟吧。看到它时,老氓想到了一句话:乌鸦声称,只须一只乌鸦即可摧毁天空。

那个长着鹰钩鼻的男人迎面向老氓走来,并恶狠狠地瞪了他一眼。老氓正在为他的迎面而来深感惊讶时,一口已经冷却了的痰,"扑"地闯入了他的嘴巴。这是他先前所吐的那口痰。可是有什么办法呢?你看那个家伙,他所骂的话现在悉数落实到了他自己身上。世界就是这样,富人自私而穷人丑陋,虫子总是比人先尝到果实的滋味,所有的活都在等待一个死,所有的死又期待着一个活。道理就写在万事万物的脸上,女人哺育什么,什么就是孩子;哪儿有光,哪儿就有阴影。一棵树不仅仅是一棵树,还有树叶、花和果实。尽管没有死了又回来的人,但老氓时常觉得自己还活着,在不停地行走,在不停地穿越七座大山,七座大山后面的七个平原,七个平原后面的七条河流……

老氓又回忆起最初出来漫步的情景。老氓焦急地站在家门口张望,人们就问,老氓,你想到哪儿去?老氓说:"我也不知道,我只想离开这个地方,只有离开这个地方才能达到我的目的。"人们又问:"老氓,那你的目的是什么啊?"老氓说:"我的目的就是离开这个地方。"说着,老氓就走了。人们问老氓:"你要去多久?"老氓摇摇头说:"我也不知道,也许一辈子吧。"人们便惊讶道:"去这么久啊,那你干吗不带足干粮再上路呢?"老氓笑道:"这根本没用。因为旅途漫长,所以无从准备;假如我在途中得不到干粮,那我非饿死不可,所以带多少干粮也都是无济于事的。"大家都觉得老氓讲得非常在理,却又毫无道理。

自古以来,有人用战争来记录某个时代的荒谬,有人用口号记录某个时代的智慧,所以盘古说我开,共工说我撞,女娲说我补,夸父说我追,精卫说我填,后羿说我射,仓颉说我造,神农说我尝……他们中间的某人因何而死,人们无从知晓,就像老氓不知道自己因何而不死那样,他马年属马,羊年属羊,已经记不得自己有多大年纪了。不论刮风下雨,老氓每天都跟太阳一样出门,洗一把脸,向西走去。日复一日,年复一年,生活还是老样子,同上同上同上,就连每天沿途所见的风景也同上。老氓不知道自己是第几次见到这只该死的白乌鸦了,他真想一枪把它打下来。七个沙漠后面是七座大山,七座大山后面是七个平原……老氓烦透了,他想让自己停下来,但他已经停不下来了,他的身体并不以他的意志为转移,而是以某种难以置信的速度在擅自前行,一圈圈地绕着地球走。

生活已不似过去甜蜜

西蒙表叔一家从大都市里来乡下度假，这让吉米诚惶诚恐，不知如何招待城里来的贵宾，因为家里实在穷得很，拿不出像样的东西。但城里人就是城里人，西蒙表叔说现如今啊，好东西可都在你们乡下呵！你们看，这广袤的田野，这清澈的小河，这明媚的阳光，这清新的空气，这茂盛的林子……就是最好的招待。你怎么还说没好东西招待我们呢？再看西蒙表叔一家到了乡下就跟啥似的，对，吃了兴奋剂似的，见了啥都哇哇大叫，而且真情实感得很，并非虚伪。于是，吉米就带着他们逛了田野，逛了小河，最后来到林子里，客人们就迫不及待地扑到树上，哒哒哒……啄得起劲，而且万分激动地喊："哇，这是真树也！"吉米觉得好笑，难道还有假树不成？他们在林子里啄了半天，也没有啄到什么生猛的虫儿；但瞧着他们那个兴奋的劲儿，似乎很过瘾。他们说啄真树的感觉就是不一样。吉米却无奈地摇摇头，深表歉意。

吉米说，生活早就不像过去那样甜蜜了。过去林子里的虫儿多了去了，觅食根本不成问题，日子就在啄啄睡睡中度过，别说有多惬意了；但是好景不长，自从有了农药，尤其是从国外进口的农药之后，那杀伤力太大了，虫儿就成堆成堆地被毒死了，很多虫儿都绝种了。现在，别说在田野和河滩这些地方，就是林子里也很少有虫儿了，生存都困难了，很多人家因为生活不下去，都搬走了，他们去了城里，据说都生活得很好。说到这儿，吉米流露出一脸的羡慕来。西蒙表叔听吉米这么说，神情有些古怪地笑道："是吗？这么说你也很想去城里生活啰。"吉米满心喜欢道："这是当然的，我可以吗？"西蒙表叔说："当然可以。我们回城时，你跟我们一起去吧。"吉米连声致谢。

几天之后，吉米就跟西蒙表叔返城了。西蒙表叔给他安排在一家大公司上班，负责广场上的"护林工作"；说白了，就是让它在广场的那片林子里"捉虫"。但奇怪的是，那些树都碧绿碧绿的，一样粗细、大小和高矮，连叶子都一模一样的，而且根本找不到虫儿；他巡视了一遍又一遍，确信无虫可捉之后，便去询问他的上司。上司告诉他，他的工作属于表演性质的，所以不管林子里有没有虫儿，他都必须在工作时间范围内，不停地"捉虫"；在这棵树上啄啄，在那棵树上啄啄，然后向广场上的人们发出欢快的叫声。吉米明白了，上司怎么说他就怎么做，他工作得很勤奋，顺利地通过了试用期。只是有一点吉米很疑惑，这城里的树咋就和乡下的树完全两样呢？乡下的树啄上去松软，有生命的气息，也有青涩的汁儿；但城里的树很硬，有股臭味，而且根本没有汁儿。如果不是看在那份可观的薪水上，吉米才不想啄树呢。一来无虫可捉，二来无汁可饮，三来对嘴有损伤；他的嘴被城里的树磨得越来越短、越来越平，早已失去了往日的尖锐和锋利。

这天休息，吉米带上从肯德基买来的香辣可口的油炸鸡块，去拜访西蒙表叔；他热情地将鸡块分给表叔家的几个孩子吃，但他们却很感冒，说这是垃圾食品，他们都吃怕了，一见就想吐。吉米很是愕然，这么好吃的东西，他可是百吃不厌、千吃不厌呢。孩子们只是缠住吉米，要他带他们去乡下玩。吉米说乡下有什么好玩的，城里多有意思啊。西蒙表叔问他在城里生活得怎么样？吉米说挺好的，鸡块比虫儿好吃多了，再说乡下也没啥虫儿可吃了；只是城里的树不怎么样，比乡下的树差远了。他这么一说，大家都哈哈大笑，笑他还是啄木鸟呢，连真树假树都分不清楚。西蒙表叔告诉他，广场上的林子都是假树，都是塑料树。"是吗？"吉米茅塞顿开，他也笑道："难怪有股臭味儿。"西蒙表叔最后问他："你还愿意呆在城里吗？"吉米点点头。

　　就这样，吉米在城里生活了，过着先前他羡慕的生活；日子久了，吉米也会怀念那个并不遥远的乡下，怀念那儿广袤的田野、清澈的小河、明媚的阳光、清新的空气和茂盛的林子……有时间他就和西蒙表叔一家去乡下转一转，度一个周末，便又匆匆地赶回城里。他很清楚，自己早已无法在乡下呆下去了，但城里的生活，也不似过去那么甜蜜了。

作家山

在我的老家,有一座山,仅此一座,所以也就没有费心思去命名它,就叫它山。老家人说,你从山中来。便是指你从这座山上回来。老家人说,你去山上啊。便是指你到这座山上去。山便是山,千百年来老家人没觉得有什么不妥的。并没有因为无名而为难它,而是一样的热爱它,因为它是一座风景秀丽的山,春来百花如锦,杜鹃花开一山艳红,梨花儿开又一山雪,那都是没有话说的。多少年前,一位作家在一次下乡采风时,途经我的老家,无意间撞见了此山,被它的美丽而深深地打动了。事后,作家不知通过什么渠道,反正经政府部门同意,在山中购置了一坡山地,他在那儿结庐隐居了起来,潜心写作。大作家就是大作家,隐居山中后,果然灵感飞溅,佳作迭出,在文坛上引起了一系列轰动和回归自然热。

说来也怪,山中有一只小鸟,有一天忽然来到草庐前,扑向作家书房的玻璃窗,尖尖的小喙拼命地啄着玻璃,得得得,得得得……它要进来。但作家没有打开窗户,因为他听说这种小鸟是不祥的鸟儿。作家被鸟儿的敲击声烦透了,他站在窗前挥舞着双手,拼命地赶鸟儿，但鸟儿就是不肯离开，他移到左边，鸟儿就飞到左边；他移到右边，鸟儿就飞到右边；鸟儿总是对着他的头部，得得得地敲击窗玻璃。更可恶的是，这只小鸟从那天起，好像认定了作家这个仇家似的，天天跑来吵他，吵得他快要发疯了。这天，作家下山到我们镇上的邮局去寄稿子。一个深知作家痛苦的朋友，趁作家不在家，就提着猎枪来帮忙了。朋友就埋伏在作家的书房里，打开了窗户，将猎枪架在窗栏栅上，杀伤力强大的霰弹正等待着小鸟；小鸟浑然不知潜在的危险，它如期而来，也不知窗户是打开的，依旧飞到窗前准备敲击窗玻璃时，枪响了。就在这个时候，作家在镇上寄好稿子，购了一些生活用品，骑着摩托车回山里，刚拐过一个山弯弯，迎面有两个骑自行车的人突如其来，作家连忙一打车头，全速奔驰的摩托车顿时从悬崖上摔了下去，落在一个山谷里。作家被摔死了。作家摔死的那一刻，他隐居的书房外，一只小鸟也刚刚结束了它的生命。

如作家所愿，他被安葬在这四季如画的山中，他心爱的隐庐边，清清的小溪旁。从此，这座千百年来没有名字的山，便有了名字。它就叫作家山。有关作家的死因，以及冥冥中和这只小鸟的关系，一直是我们家乡津津乐道的话题。这故事说过来话过去，最后总是归结于命运，归结于定数，归结于作家与山的"前世情缘"，都说这一出变故怕是五百年前就已经安排好的，是上帝的安排。时光如流，一晃又是很多年过去了，如今的作家山已经开发为旅游胜地了，而且生意不错，游人如织。大家慕名而来，惊讶于这个神奇的故事，是否为了今天而成就了这座山的名？老家有经济头脑的人，纷纷捕捉那种小鸟，关在漂亮的金属鸟笼里，出售给那些趁兴而来、满意而返的游客们，生意也非常好，因为这是一种成名鸟；谁拥有了这种小鸟，谁就能像作家那样一举成功，流芳百世。但山中的鸟资源毕竟有限，所以小鸟的售价一涨再涨，现在据说都成天价了。

最近我回了一趟老家，听说了作家山和小鸟的事，便有心去山上走走，谁知作家隐居的那一片山区都被高墙围起来了，要买门票才能进去了。尽管在作家山公园上班的工作人员中，很多都是我们村里的人，我完全可以不花那四十元钱就能进去的，但我在公园大门口忽然没了那个逛山的兴致，便在山门前转了转就回来了。我看到那些呆在精致的鸟笼里的小鸟，不就是乡下普普通通的麻雀吗？做生意的张老爷说是的，游客也知道是麻雀，但麻雀在我们作家山就成了那种神奇的小鸟了，你有什么办法呢？我好奇地问，麻雀和那种传说中不祥的小鸟真是同一种鸟吗？在场的售鸟人却无不三缄其口，冲我神秘地笑笑。

生如蜜糖

毛子又闯祸了。他拿砖头砸破了同学的头；同学进医院，他进派出所。毛子妈这个四十不到六十模样的农村妇女，跑到医院给人下跪，跑到派出所还是给人下跪。毛子爸是个养蜂人，常年走南闯北，一年回家一趟；家的重担就全压在她瘦小的双肩上，她被压垮了。尤其这个独生儿子，从小就不省心，或许是缺少父教吧，不读书，到处闯祸。毛子妈半夜里哭醒，想死的心思都有。毛子勉强初中毕业，辍学在家，也不下地干活，也不出去打工，成天鬼混；这不，又闯祸了，被关了七天。毛子妈不但赔了钱，赔了跪，还赔了做人的那张老脸。

年边，毛子爸回家，毛子妈哭了几宿；毛子爸临走时，这个木讷的男人拿刀逼着毛子和他一起走了。毛子跟父亲押了一车蜂箱，先往南方，到广西，到云南；春暖之后，又从北移，到四川，到甘肃……跋山涉水，风餐露宿，一路所经历的艰辛困苦，是毛子无法想象的。活得艰苦，荒郊野外，阴暗潮湿，虫蛇缠身，还遭遇过狼，三个月不知肉味……这倒还是次要的，最让毛子受不了的是生的寂寞，成天面对的唯有嗡嗡作响的小蜜蜂，和无边无际的荒野，数日不见一个说话的人。毛子曾经偷了父亲的钱，逃跑过两次，但在他乡异地，人烟稀少，他能往哪儿逃呢？最终还是乖乖地回去了。后来，毛子收留了一条流浪狗，终于有了沉默的听众。毛子爸除了闷声干活，成天没有一句话；而最初，毛子也懒得理他。这么多年，他哪像一个父亲，他恨这个常年不见踪影的男人。渐渐地，毛子学着给他打下手；渐渐地，毛子明白这些年自己所浪费的钱是怎么得来的。毛子爸依旧木讷，没有什么话，但他每天早晚都会泡一杯蜜糖水给毛子喝。

那只是一杯温水里，滴了几滴新鲜的蜂蜜而已。

从青海那边一路返回到江南的家，已是这年的隆冬。吃了一年苦的毛子，突然说他要读书。毛子爸也没说什么，就带毛子和他母亲拎了自产的蜂王浆，摸到校长家里；这个在青海敢与饿狼对峙一宿的男人，毫不犹豫地拉了毛子妈给张校长下跪。毛子心里一酸，也情不自禁地跪在父母身后。第二年春天毛子插读初三班；他完全变了，就像他父亲一样，成天没有一句话，只顾闷声读书，他考上了一所优质高中。之后，他以优异成绩考上一所重点大学，金融专业。之后大学毕业，他顺利地到一家合资公司工作。工作不错，收入也不错，还有女孩子对他有意，但他没干满一年，就辞职了；而且让人大跌眼镜的是，他居然跑去和父亲一起养蜂了。毛子爸也没说什么，就带着他，像那年一样走南闯北，跋山涉水，风餐露宿，一路所经历的艰辛困苦，是毛子所清楚的；他就是想再苦一苦自己，在寂寞中理一理自己的人生。

毛子很快就成了父亲的得力下手，他确信养蜂并不难，难的是一路奔波、清苦和无所不在的寂寞。但父亲数十年如一日，今天重复着昨天，明天重复着今天，他又是怎么做到的呢？毛子问父亲你有没有想放弃的时候？毛子爸说有，有一年在贵州遇到泥石流，把蜂箱全埋了；他拼命地挖啊挖，只挖出来五只蜂箱，当时就想放弃了。还有一次在江西，遇到几个歹徒把所有的蜂蜜抢走了，他也绝望过。但他只会养蜂，又不善于与人打交道，所以绝望过后又继续干老行当。这些年他就是这么熬过来的。毛子爸也说不出啥深刻的道理，比如想拥有怎么样的人生，便得有怎么样的付出。毛子望着辽阔的山野发呆，他的脚边趴着那只当年的流浪狗。

这天早晨，毛子爸泡一碗蜜糖水给他。毛子凝视着手中的杯子，阳光透过稀薄的蜜糖水，稠稠的，琥珀色。毛子一个灵闪，他喝了杯中的蜜糖水，又倒了一杯温开水，他举在阳光中，杯子是透明的，看不到水，像一只空杯子；他喝了一口，白开水自然淡而无味。他只是确定一下它的无味。随后毛子往杯中滴了一滴蜂蜜，整杯水就起了颜色，味儿又香又甜。一滴蜂蜜改变了一杯水，一滴蜂蜜造就了一杯蜜糖水。毛子又把这杯蜜糖水喝了，再拿勺子往杯子里倒蜂蜜；但勺子里的蜂蜜稠稠的，流到杯子里的速度非常缓慢，而且要让整勺蜂蜜像水一样完全流入杯子里是不可能的。毛子费了好一会儿劲，才有小半杯蜂蜜。他再往蜂蜜杯里加白开水，一滴二滴三滴……调匀了，但杯中的蜂蜜依旧是稠得化不开的蜂蜜，而不是蜜糖水。为什么一滴蜂蜜就能使整杯白开水化为蜜糖水，而数滴白开水却不能使小半杯蜂蜜化为蜜糖水呢？

毛子似乎一下子就明白了其中的道理。

这年年终，毛子和父亲回到老家。很快，毛子就马不停蹄地出发了。因为毛子对自己的未来有了方向，他清楚自己要什么，清楚自己要走怎样的人生之路了。

就算此生只能酿一滴蜜，那也好过一大桶白开水。

回忆是最温暖的东西

我还在机修车间做钳工时，有年冬天也那么阴冷，连日雨加雪，阴水水的，冻得抽骨头；有天我们抢修到深夜，外面早就下白了，雪都没脚了，家在城里的老师傅没了公交车，大家就呆在车间值班室里，围着一只煤炉取暖，手捧搪瓷杯，喝苦茶，烧纸烟，侃大山，等天亮。我随意感叹了一句，说现在的冬天阴冷起来比过去阴冷多了。结果大家群起而攻之，他们说全球气候转暖，过去不知要冷多少呢？尤其是那几位老师傅，扳着手指头，从我还没有出世的年代开始报起，一场场大雪地报过来。他们说，过去没有空调，屋里屋外温差很小，走进走出感觉没那么强烈；现在到处都是空调，屋里屋外温差就大了，就觉得特别阴冷，对不对？说得我只好讨饶。

坐在我边上的傻大个黄虎，一直对着煤炉发呆，忽然饶有兴致地讲起他小时候，大冬天的，拖了双破雨鞋，到外面拆天拆地搞，最喜欢去池塘边敲冰块，搬到岸上，用芦苇管吹个洞，再用麻皮绳串起来，拎在手上，跑来跑去，那个开心啊。搞到天黑了，两只手冻得跟僵尸一样，捏都捏不拢。回到家被娘骂，但奶奶最疼他，总是护着他，抓过他的双手，焐到她的围裙下，那个温暖啊。因为奶奶的围裙下永远有只暖暖的铜火囱。碰到火囱的那一刻，心都要叫起来的。每年冬天，他都想起他奶奶和她的火囱，对他而言，那是最温暖的东西了。

傻大个开了头，钱老板就接茬道，我觉得最温暖的东西你们想都想不到的。钱老板下过乡，参过军，家里开了爿店，但他不情愿经商，喜欢做他的工人老大哥；为此，我们戏称他钱老板。下乡时钱老板还是个小年轻，大冬天没活干，呆在知青点那个苦闷啊，就偷老乡的鸡，包了泥，烤叫化子鸡吃，和人拼酒。那回他喝高了，壮着胆儿去村支书家借自行车，说到镇上有急事。村支书见他红头胀脸的，嗓门特高，也不敢怠慢，就爽爽快快地借给他了。他跨上自行车就跟奔丧似的，在乡间小道上横冲直撞；其实，他啥事都没有。那会儿自行车在城里都不多见，他就想发泄一下，过把骑车瘾。他冲啊冲，骑得浑身暖和，就是两手冻僵了。突然，路上一个凹坑，自行车倒了，他嗖地飞了出去，趴在路边的雪堆上。不久，有老乡赶过来，叫他拉他，三四个人扛他走，他却双手插在雪堆中，死活不肯走。他说那雪堆里太暖和了。

钱老板问我们，知道为什么吗？我们七猜八猜，谁也猜不透雪堆怎么会那么暖和。钱老板笑道，那会儿猪粪和猪窠草是乡下的主肥，冬天沤在田边，到第二年春天烂透了，刚好施肥。现在叫有机肥。他当时就摔在这上面，双手伸到正在发酵的猪粪和猪窠草堆里，那个暖和啊。从那以后，他再没有碰到过那么温暖的东西。我问他，比这煤炉还温暖吗？钱老板很是不屑道，炉火怎能跟它比呢？炉火灼手，但它不会。它不仅温暖，而且温暖得那么舒服，懂吗？

要我说，最温暖的东西就是初冬的太阳了。大帅哥也开口了。大帅哥是机修车间最有型的男人了，他练过健美，身上的肌肉一块是一块；头发反驳，油光锃亮，一根是一根，纹丝不乱。大帅哥说，前年初冬，他们去江郎山搞活动，第三天上午回来，经过一个哥们儿的老家，大家吵着去瞧瞧，就去了。哥们儿的老家在乡下，家里人也不知道他们会去，赶紧下地割菜，霜杀的青菜，还杀了只鸡，菜不多，但那个鲜现在想起来还流口水；哥们儿的老爹从地里挖出藏了多年的土烧酒，那酒带劲，他平常能喝一斤白酒，那天干了一碗，半斤多一点点，人就快扛不住了。同去的那些家伙，也比他好不了多少，见他家门前的田野上铺满了被遗弃的稻草，就一个个地倒了下去。他们叫着舒服啊，就跟挺尸似地不动了。起初他以为他们是假装的，想骗他入瓮，但后来他也忍不住倒在了稻草上。

不躺不知道，躺下去就不想起来了，那午后的阳光照在身上，那份温暖，那份稻香，那份天高地厚的舒坦。人躺在田野里就跟馒头到了蒸笼里，里里外外都被阳光"蒸"得酥酥的，香香的。大家都睡到自然醒，直到太阳偏西才赶回来。现在他们几个碰到一起，还忘不了提这事。那种被初冬的阳光点燃身心的感觉，是大帅哥无法用语言来表达的，但我能体会到这种感觉。

最后，又轮到我说了，但我没有他们那样的人生经历，说不上来什么是我生命中有过的最温暖的东西。我有些支吾道，你们说了那么多，其实就是记忆中的一点往事，或许今夜我们几个人围炉而坐，谈论着温暖的话题直到天亮的记忆，便是我今后最温暖的东西了。在我看来，奶奶的火囱也好，乡下的猪粪也好，初冬的阳光也好……它不分贵贱，不分美丑，不分香臭，只要那份温暖抵达过我们的心灵，就是最温暖的东西。所以说，回忆是最温暖的东西，你们说对不对？

篱笆墙的影子

我常常拿老家说事,所以乡亲们都很感冒我。在这里我还想拿老家说事,因此隐去年代,隐去真姓实名,就说东家和西家。大凡到过农村的人,都知道篱笆墙是什么玩意儿;即使是城里人,只要看过早年红极一时的电视剧《篱笆、女人和狗》,就知道篱笆又是怎么一回事了。

关于篱笆墙,在我的老家,就蕴含着两种截然不同的人生哲理。东家认为庄稼是固定的,只有根没有脚,而鸡鸭之类的家禽却是运动的,因为它们不但有脚,还有翅膀;所以应该用篱笆墙把庄稼圈起来,不让家禽进去伤害庄稼,而给家禽一个自由活动的空间,让它们也可以像其它家禽譬如猫狗那样幸福地生活。然而西家就不这么想了,他们认为任何生物都有生存和自由的权力,为什么非得把庄稼圈起来,而让家禽像野狗一样肆无忌惮地到处横行呢?再说这些畜生走到哪里,就把尿和屎拉到哪里,简直是给它们一点自由它们就泛滥,糟踏地里的粮食和蔬菜那是不用说的,你只要稍微大度一点,它们就把臭屎拉到你的餐桌上。所以他们的做法是,把家禽圈起来，而让庄稼自由自在地生长。这西家的做法和东家刚好相反。本来，这也没什么，但问题是东家和西家住在一起，所以矛盾就出来了。

东家那些自由自在的家禽，自然毫不客气地跑到西家没有用篱笆圈起来的菜地，将庄稼当作美味佳肴饱餐了一顿又一顿。这在西家人看来，就等于是东家故意放出家禽来糟踏他们家的庄稼了。西家去找东家评理，东家就叫西家和他们一样把庄稼圈起来，这样不就没事了吗？他们东家的家禽还怎么伤害得到西家的庄稼呢？西家当然不肯，东家说东他们就该东了吗？他们偏偏向西。再说他们祖祖辈辈是只圈家禽不圈地的，这优良传统怎么可以到我的手中就丢失了呢？东家说，那就随你们吧，不过我们家的家禽纯粹是畜生，不是人，你叫它们不要到地里去它们也听不懂。为此西家很气愤，几次三番容忍了东家的家禽之后，终于忍无可忍，用谷子或麦子拌了敌敌畏之类农药，撒在自己的地里；结果东家的家禽遭殃了，忽然间纷纷倒在地上，一命呜呼了。东家可不是那么好欺侮的，女主人更是泼妇骂街，使浑身的解数来，要向西家讨个说法。但这种事能有什么说法呢？

经过多少年的世事沧桑，一代又一代的人来了又走，走了又来。但令人费解的是，在我的老家，至今还存在着这种现象，有的人家用篱笆圈住庄稼，有的人家用篱笆圈住家禽，而且对此公说公有理、婆说婆有理。邻里之间的战争也因此一而再再而三地爆发。究竟是什么原因让乡亲们千百年来一直生活在篱笆墙的影子里呢？为什么就不能统一用篱笆圈住家禽或庄稼呢？这几乎成了我们老家的乡间文化之谜。

桥　神

蜜城是江南一座美丽的城市。一条宽阔的长河穿城而过,给现代化的城市带来无限的风光,尤其是市中心的那座桥,叫蜜渡桥,就像一道架在天堂与人间之间的彩虹,勾起人们无限美好的遐想和回忆。蜜渡桥因此而成为蜜城标志性的建筑,来蜜城旅游、办公、访友、路过……的人们,只要到过蜜城,都习惯站在蜜渡桥上拍个照留个念。而没有到过蜜城但见过纪念照片的人,都会异口同声地赞叹蜜城的美丽。所以说,美丽的蜜城,最美是蜜渡桥。

什么东西都怕出名,出了名的蜜渡桥,不知从什么时候起,竟成了一些人自杀的首选地,经常有想不开的人从蜜渡桥上跳下去,而且还很流行。青年张紫钟就是其中一个。他和女友从乡下到蜜城来打工,结果工没打着,女友却被人拐跑了,张紫钟一气之下就跳了蜜渡桥,谁知他水性太好,结果没死成,却伤得够呛;后来在媒体的报道下,得到了蜜城人们的大力援助和热情帮助。他在医院里躺了三个多月,才能够下地行走。从此以后,张紫钟就不是从前的张紫钟了,他残疾了,再也不能像过去那样健步如飞了,再也不能像过去那样干体力活了，为了生计，他学会了擦皮鞋和修皮鞋；而让人费解的是，他就将自己的鞋摊摆在令他触目惊心的蜜渡桥畔。

张紫钟做生意非常热情，天刚蒙蒙亮，他就推着擦鞋的小板车来了。这天他见到有个小伙子站在桥上发呆，也不拍照，也不过桥，他就连忙推着小板车过去兜生意："先生，要擦皮鞋吗？先生，可怜可怜我这个残疾人吧？我是真的残疾；你看我这条左腿装的是假肢，这边脸上缝了十四针，肋骨断过三根，右手还少一根手指……你看这张报纸、这张报纸、还有这张报纸，《蜜城日报》、《今日早报》和《江南晚报》都报道过我的事情。你说得对，我就是那个张紫钟，还有这些照片，都是后来我从记者那儿讨来的，惨不惨？"他从板车下找来当时事故现场的照片，给这个特殊的顾客看。他接着说："我就是从这座桥上跳下去的，糊涂呀！搞得自己死不死活不活的，这辈子算是废了；这正是一失足成千古恨哪！"那个小伙子的脸一阵白一阵青的，莫名地说了声谢谢就跑下桥去了。望着他远去的背影，张紫钟心里松了一口气。

刚刚劝下这个小伙子，那边又有个姑娘趴在桥栏上直掉泪，张紫钟没有二话，过去问："小姐，擦皮鞋吗？给个面子，不收您的钱，让我今天开个张吧？就算可怜可怜我这个残疾人吧？你看我这条左腿装的是假肢，这边脸上缝了十四针，肋骨断过三根，右手还少一根手指……知道为什么吗？唉，说来话长，十年前我和我的女朋友来蜜城打工，我女朋友蛮漂亮的，我们才来了几天，她就跟一个小老板跑了，我找啊找找得绝望了，就一气之下跳了这座桥。唉，谁知道这条河并不深，本来想一了百了的，结果比死都难过哪，你看看这些照片，惨不惨？现在想来真是可怕，也真是后悔；可是世上没有后悔药，怪只怪自己当年一时糊涂，其实人生哪有趟不过的河、爬不过的山？退一步就海阔天空了。要不然，今天我也不会如此凄惨，没有老婆也没有家。小姐，您不会也这么傻吧？没有就好，哭出来会好受一些，如果您有什么可以跟我这个残疾老头说的，您就尽管说出来，我虽没啥文化，但……"

就这样张紫钟在蜜渡桥畔守候整整二十五年，在他四十三岁那年冬天，他和往常那样热情地"兜生意"时，结果被恼羞成怒的对方粗暴地推了一把，因为桥面结了冰，路滑，他意外地掉进了长河里。有很好水性的张紫钟这一次却没有那么幸运了。当他被那个企图自杀的年轻人救上岸时，他已经停止了呼吸。那个年轻人追悔莫及，从此洗心革面，重新做人。张紫钟的死再次引起了蜜城人们的关注，曾经被张紫钟劝导过的人纷纷打电话给报社。据不完全统计，被他救过的人竟达千人以上，大家一致认为他就是蜜渡桥的桥神，并捐款雕刻了一尊他的汉白玉像，立在蜜渡桥畔，供路人瞻仰，也似警钟长鸣。

祈福村巨变记

几十年前，这儿还是祈福村，是个远近有名的穷村，尽管有良田几千亩，小青山两座，但还是穷得叮当响，村里人家清一色的破草房，村民除了春耕秋收时在家务农，别的时候就涌向城镇，男的打工女的要饭，却依旧是王小二的日子，幸福只在祈求中。后来一条公路通过祈福村，不久又有一条铁路与公路并驾齐驱，祈福村有了一个小站，陌生人就从小站来到了祈福村。

第一个来到祈福村的陌生人，不但兜里有钱，嘴里还很有道理。他说他给祈福村的人送钱来了。他想在这儿办个工厂，就差一块让工厂立起来的地了。他给祈福村的人们展现了这样一幅蓝图：他们把地卖给他办工厂，他们从此脱离了苦海，不用再种田，也不用再外出打工讨饭，想做工的可以进他的厂子，要享清福的，就只需坐坐吃吃，就有钱拿了。

天下竟有这等好事？但事实上正如陌生人所说的，他们不但分到了钱，而且通过进厂做工，还能挣到更多的钱。祈福村这一刻才如梦初醒，钱原来这么容易就能谋求到的。那还傻等着干吗呢？于是乎，通过那个陌生人，以及村里的头头们出去请人进来，把一块块地都包上了水泥，办起了一个个工厂。几年下来，这儿初具规模，成为B县屈指可数的工业基地；一夜之间电视台的人来了，报社的人来了，外地企业的人也来了。祈福村富了，出名了，典型了，就成了南行村，因为这儿的人们已经得到了幸福，不用再祈求了；何况幸福是祈求不来的，要靠实际行动去争取，所以村里的头头卖地也卖得更疯了，他们把村人统统赶进了小高层，以便卖出更多的地皮。最后，他们把那两座小青山也卖了，被外地人炸平了，也盖起了工厂。南行村再也无地可卖了，而除了广场上的草坪，过去那几千亩地都包上了水泥，建造了远近高低各不同的错落有致的工业厂房。

祈福村人的环境适应能力是挺强的；他们在一夜之间就改口了，只说南行村，不说祈福村了。好像自从盘古开天地三皇五帝到如今，这儿就叫南行村。只有一人例外，那就是大脚爷。在大脚爷的嘴里，只有祈福村，没有南行村。他说他生是祈福人，死是祈福鬼。在整个卖地过程中，大脚爷三天两头跑村长支书家，口口声声说卖地是绝后的买卖，我们要是没了一分一厘的土地，往后靠什么呢？他说土地是活的，它能无休无止地生长东西；如果包了水泥盖了工厂，这土地就死了，以后就什么也不会生长了。但大脚爷的话算什么，放屁还有点臭味呢，他的话连屁都不如。

南行村的人富了，流油了，生活却无聊透顶起来了；就像一个天天熬夜的长工，突然成了阔少爷，头几天睡到太阳晒屁股是种莫大的享受，后来睡过了头反倒昏昏沉沉地闹头痛。所以贼精的外地人，便在南行村的外围，建起了娱乐场所，其精髓不外乎传统的吃喝玩耍，把南行村的人们乐得一愣一愣的；但转眼几年间，村民的钱财都无声无息地流走了。钱是个好东西，失去之后或许体会更深。

但这个时候，地早就卖光了，村里再也不发给他们钱了；而他们是富过的穷人，他们摸过大钱的手，再也不愿意去摸小钱了。即使有些村民，想进工厂去打工，那些精明的老板也不肯收留；一来他们懒惯了，干不了像样的活；二来他们是当地人，难以管理；三来用他们比用外地打工者成本更高。所以所有的工厂老板都抵制他们。重又回到贫穷的南行村人，虽然他们的新贫穷不知比当年的旧贫穷强多少倍，但他们还是受不了，于上纷纷背井离乡，赶到远远近近的城市觅钱去了。

敞开的门

"请进。门是开着的,"他在屋里喊道。

的确,门是开着的,而且是敞开着的。但我看到敞开的门的门把手上,挂着"请勿打扰!"的金属牌。为了礼貌起见,我站在门外问道,"请问,没打扰您吗?"

"哈哈,你已经打扰我了。"他毫不客气地说。

我想不到他这么说,挺尴尬的,进去也不是,不进去也不是。

"但是没关系,我的存在就是被人打扰的。"他继续说道。

他这么补充,算是替我解围了。

我不好意思地解释道,"是朋友亚当斯叫我来找你的,他说你是他的导师,还说你能改变我的命运;我和他是很好的朋友,所以我找来了。"

"你确信他的话吗?"

想不到他这么问。

"不可不信,不可全信。"我模棱两可道。

"你确信走进这个门就能改变你的人生吗?"

"他说得有点玄。"

"那你现在是决定进来还是离去呢?"

我也不知道。我沉默了片刻，说出了心中的疑问，"为何你的门是敞开着的，却又在门把上挂着'请勿打扰！'的金属牌？"

"道理很简单，敞开的门是让愿者进来，请勿打扰是请他人止步。"

"有不愿意进门的吗？"

"哈哈，那就太多了。"

"为什么？"

"他们憎恨自己的现状，却又害怕改变这种现状。因为改变，只是一个动词；至于最后改变成怎样，谁也无法预料，上天堂的上天堂，下地狱的下地狱，都有可能。"

"你也不能预料吗？"

"那当然。我只是一名生产流水线上的操作工，我的职责就是完成几个改变命运的动作，但无法保证生产出来的产品是正品还是次品。"

"我不是上帝，负不了这个责。"他补充道。

我沉默了，还是下不了决心。

他好像猜透了我的心思，他说："犹豫了吧。对了，还有一点我得事先告诉你，一旦跨进这个门，你就无法反悔了。因为门是敞开着的，进不进来是你的自由。"

"因为门是敞开着的，进不进来是你的自由？"

"是的，姜太公钓鱼，愿者上钩嘛。"

"请问，有人反悔吗？"我问。

现在，轮到他沉默了。

片刻之后，他说道："这座摩天大楼，有着你数也数不清的楼层，每个楼层又有着你数也数不清的房间，但你注意到没有？其他房间的门都是关着的，唯独我的房间开着门，而人们总是拼命地去敲那些紧闭的门，却对敞开的门望而却步。譬如说你吧，是亚当斯介绍你来的，你都不敢进来，就更不要说别人了。坦率地说，迄今为止，还没有人到过我的房间呢。"

"是吗？"我心头一惊，暗暗庆幸自己刚才没有贸然进去。

"为什么没有人进他的门？这总归有原因的，"我暗暗想，"亚当斯把他说得那么神乎其神，会不会他们合伙来蒙我？想杀熟啊？再说了，他为什么要敞开着门呢？普天之下，谁肯把利益的大门敞开？只要有点蝇头微利，就是紧闭着大门，也早就被人挤破了大门、踏烂了门槛。哪里会像他这儿，冷冷清清的，一个人也没有——不！——有个冤大头在这儿。"

我悄悄地退到走廊的一侧，那儿既可以观察这个敞开的门，又能坐着休息而不被怀疑。我坐了很久很久，我注意到不断有来来往往的人，他们或者敲开一些门进去，或者从一些门里出来，或者被一些门拒之门外，但就是没有一个人走进这个敞开着门的房间。我还注意到他们经过这个房间门口时，总是急急忙忙的，十分惊慌地朝门洞里瞥一眼，好像那是一个无底洞，门里有股巨风要将他们吸进去似的，就匆匆地逃走了。

我观察了很久，站起身来，慢慢地走到敞开的门前。

他好像看得到我似的，在屋里问，"现在想好了吗？那就进来吧。"

"谢谢，"我说，"我是来向您告辞的。"

"你要回去？"他问。

"是的。"

"你还回得去吗？"他又问。

"我……"我不知道。

"过去的已经过去，你没有退路，只有我的门永远为你敞开着！"

"永远？"

"永远！"说完，他哈哈大笑起来。

"对对对……"我拔腿就逃，"我永远不会进这个门的！"